金子兜太 著

董振华 译

特鲁克岛的夏天

百岁俳人回忆录

生活·读书·新知 三联书店

图书在版编目（CIP）数据

特鲁克岛的夏天：百岁俳人回忆录／（日）金子兜太著；
董振华译. —北京：生活·读书·新知三联书店，2020.6
ISBN 978 - 7 - 108 - 06690 - 9

Ⅰ．①特…　Ⅱ．①金…②董…　Ⅲ．①回忆录－日本－现代
Ⅳ．① I313.55

中国版本图书馆 CIP 数据核字（2019）第 181871 号

责任编辑　赵庆丰
装帧设计　薛　宇
责任印制　卢　岳　张雅丽
出版发行　**生活·讀書·新知** 三联书店
　　　　　（北京市东城区美术馆东街 22 号　100010）
网　　址　www.sdxjpc.com
图　　字　01-2019-3002
经　　销　新华书店
印　　刷　河北鹏润印刷有限公司
版　　次　2020 年 6 月北京第 1 版
　　　　　2020 年 6 月北京第 1 次印刷
开　　本　880 毫米 × 1230 毫米　1/32　印张 5.625
字　　数　119 千字　图 23 幅
印　　数　0,001 - 6,000 册
定　　价　35.00 元

（印装查询：01064002715；邮购查询：01084010542）

金子兜太为松尾芭蕉所写俳句句碑，立于松尾芭蕉旧居旁

金子兜太在自家客厅

金子兜太第一本俳句集《少年》出版（1955年10月）

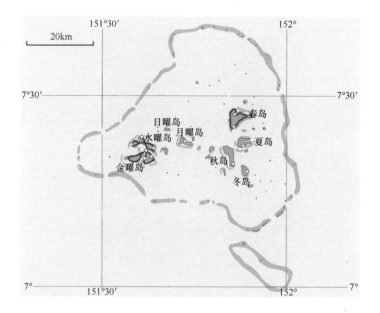

日据时期的特鲁克群岛

目　录

共同参与的战地俳句诗会·战地咖喱宴·活着就有责任将这种"悔恨"告诉后人

这是一场注定失败的战争·浴火重生，烧毁珍藏的日记·战俘营地，天堂般的生活·单身者留在岛上·这块精工表，你想要就送给你·墓碑前的祈祷，决定今后的生活方式·回到故乡秩父

今后怎么办·为了母亲，选报大学经济系·被贴红色标签，流放福岛支行·决定在俳句世界生存·致力于前卫俳句·至今每天都坚持立禅，悼念死者·走过长崎原子弹爆炸中心·重启福岛核电站所想

"我是最后的自由人"·"自由人"被泼冷水的事件·国家权力露出狰狞面目·"新兴俳句运动"成为整肃对象·利己主义无法守护和平·若能活用"事语"，便能透视社会·整个社会失去了自由·发挥知的野性，以"存在者"姿态生活·远离土地便会扭曲人性·珍惜小林一茶提倡的"生者感觉"论·"定住漂泊"的生活态度·人

人都有"原乡观念"·流浪者的典型代表——"寅次郎"·理论靠不住，爱神有真情·期待年轻人具有"思考未来的能力"·无知地叫嚣"修改宪法"·不经讨论的"修宪"极具危险性·媒体报道自由度已落后于其他先进国家

日渐腐朽的社会风气

以史为鉴，让年轻人远离战争

水脉の果て炎天の墓碑を置きて去る

洒泪别墓碑，
航迹尽处思绪飞，
烈日送我归。

这首俳句是我参加太平洋战争，乘坐最后一艘驱逐舰撤退回国时，在甲板上创作的。

战争期间，我所在的旧南洋群岛的特鲁克岛（现为密克罗尼西亚联邦的组成部分）上一共八千多人丧命，生还者为他们竖立了一块合葬墓碑。战争结束后，我又在特鲁克岛上度过了一年零三个月的战俘生活，然后乘坐最后一艘驱逐舰撤退回国。我站在甲板上，船头激起的白浪有数尺高，左右卷起两条白练，拖曳得很远。我将目光移向逐渐远去的岛上墓碑，心头涌起一种被"冤魂"送行的感觉……

2015 年的一天，我接到保卫宪法"九条之会"代表、作家泽地久枝女士打来的电话。她说："金子先生，请您帮我们书写一块标语牌吧。"我正纳闷时，她接着解释道，要举行全国性的反对国会通过"安全保障相关法案"的示威游行，希望我能为这次游行主题书写"反对安倍政治"的标语牌。

我马上回答说："好啊。若是这事儿，即使你不说，我也会主动请缨的。"随后我马上动笔书写。事后有人称赞说写得"很有气势"，再后来这幅标语竟然成为"反对安保法案"运动的标志。

我在书写"反对安倍政治"标语牌时，特意将"安倍"二字写成片假名，将"反对"二字写得很大。有人不禁问道："为什么要写成片假名？"我回答说，因为我们的"安宁"不

金子兜太先生和泽地久枝女士举着金子兜太先生所写的"反对安倍政治"的标语牌

仅没有"加倍"，相反"安心"却越来越受到威胁。大写"反对"二字也是为了强调"危险"。正因为"安倍"二字写成片假名，"反对"二字才显得尤为醒目。

战争期间，我目睹了无数无辜的人们死于战祸，深深懂得战争是毁灭人类的噩梦，是埋葬幸福的坟墓。战后我时刻告诫自己"绝对不能忘记那段惨痛的历史"。

2016 年是我离开特鲁克岛撤退回国 70 周年。假如今天安倍政府强行通过"安全保障相关法案"，必将使日本重蹈战争覆辙，因此我将生死置之度外，经常在全国各地奔波，举办各种演讲活动，反复强调战争的残酷性以及绝对不允许再次发动战争的理由。

战争将人变成魔鬼

只有经历过战争的人才懂得战争的残酷性，那简直无法用笔墨来形容。战争不仅仅指手持武器相互厮杀，而且还包括饿死等。战争期间，我作为海军财务主管被派往特鲁克岛。美军战机天天前来轰炸，每次都有五六十人的伤亡。此外，由于军中兵站（战地后方专门用来向前线补给物资、粮食、装备的联络机构）玩忽职守，导致岛上饿殍遍野，死者与日俱增。特别是太平洋战争末期，由于来自日本本土的物资供应被切断，日军占领的南洋群岛，包括特鲁克岛在内，每天都发生士兵饿死的情况，目睹这种惨状，我却束手无策，悲愤交加。

特鲁克岛是日军联合舰队的重要据点，被视为太平洋上的

在特鲁克岛上

堡垒，我赴任的地方是岛上的海军设施基地，所属部队美其名曰"要塞建筑部队"。当时我也深信"在此建筑的要塞将成为大日本帝国反击美军的堡垒"。

在此赘述一下，我所属的"第四海军工程部"大部分人员，都是从全国各地招募、征集来的工人，正规军人很少，像我这样的士官更是屈指可数，虽美其名曰"军属"，可两军交战时，美军不分你是工人还是军人，因此经常有建筑工人无辜成为美军 F4F 战斗机轰炸或机枪扫射的牺牲品。

无形管制越来越严

我认为安倍政权并不关心那场战争带给人们多少痛苦，只是一意孤行、为所欲为。最近不仅报纸的论调多了一种自我审查的倾向，而且一向作为舆论监督者的电视媒体，也像被拔掉牙齿一样不发表任何评论，这分明就是言论自由管制得越来越严的表现！

日本将"满洲事变"（即"九一八事变"）开始至太平洋战争结束的这段时间称为"十五年战争"，其间日本政府逐渐严格控制国民的言论和思想自由，因此战争究竟何时开始，何时结束，人们不得而知。当某天有所觉察时，才知道日本已陷入战败的境地，因此我才会认为目前的时代氛围也令人有类似的感觉。虽然我无法断言安倍政权会不会重蹈那场罪恶战争的覆辙，但目前日本国民丝毫没有危机意识，大家都生活在得过且过的状态中。我想今天不少健在的政治家或退休官员对当时的《治安维持法》一定记忆犹新，因此若现在没人出来抗争，有朝一日发现政府权力对你张开血盆大口时，将悔之晚矣。

不要憎恨人，应憎恨战争

话虽如此，我也并非与生俱来的"反战主义者"。虽然我对"十五年战争"的走向自始至终持有怀疑态度，但那时年轻无知，并没有把宝贵的生命放在重要的位置上。我老家秩父（属埼玉县）乡下，人们愚昧地认为"只要打赢战争，就能摆脱贫困"，我也在潜意识中受到这种思想的影响，然而通过特鲁克岛的那段经历，我的想法发生了彻底的转变。我目睹了无数次人与人之间的相互残杀，真正认识到杀戮的残酷及生命的可贵，那种情景至今记忆犹新，细思极恐，不寒而栗。因此战争不会给人类带来任何好处，它只会以各种方式毁灭人类，受害者不光是军人，还有无辜百姓，七十年前日本发动的那场战争充分证明了这一点。我在本书中还会详细叙述。我在旧制水户高中读书时就开始写俳句，那时我就立志将来一定要做一个思想和意志不受约束的"自由人"。可一旦来到战场，目睹手臂被炸飞、后背被炸裂、因粮食短缺被饿死等惨状时，才体会到做一个真正的自由人是多么不现实！我突然开始厌恶自己。不过正是由于这种自我反省，才形成我日后的这种人生态度。那些在特鲁克岛丧命的同伴连自己的墓碑都没有，因为那时谁都无法预测自己是否能活到明天，所以哪有时间去思考给死人立碑的事，能将那么庞大的尸体群合葬在小山丘的洞穴中已属不易，后来我一想到这些就义愤填膺。我憎恨制定这个制度和秩序的政府，同时希望将来能创建一个没有强迫、自由民主的社会。因此今天我们必须保卫现有的和平宪法，这也是我们告慰战死者、尊重生命、守护和平的具体表现。

虽然在当今的日本社会，人们对战争的记忆逐渐淡漠，战争幸存者人数日益减少，但我作为一个战争亲历者和幸存者，只要生命不息，就有责任把那段惨痛的历史和教训告诉后人，就有责任号召大家守护和平宪法。我认为，只要是有过战争经历或曾经在战争年代挣扎在死亡边缘的人，就都不会同意废除宪法第九条。

金子兜太

第一章

当今与战前如此相似

赴任愿望——南方前线

战前的我并非民主主义者，而是感官享乐主义者。之所以这么说，是因为我在理性上觉得"战争并非好事"，"若跟英美作战，绝无胜算可能"。另一方面，我又会随声附和地认为"为了打破僵局，只有背水一战"。

我出生于1919年。"1919"跟"一句一句"的日语发音相同，又由于我是俳人，创作俳句，所以当我每次演讲提到这一点时，自然就会赢得一片掌声。大家一致认为母亲将我带到这个世界上，就是为了创作俳句，于是渐渐地自己好像对此也认同起来。我自小听着七、五音律的"秩父民谣"长大，对韵律异常敏感。平时无论说话还是走路，都会不自觉地踏着七、五音律的节拍，似乎自己的身体天生就由俳句构成。加上我父亲年轻时也创作俳句，而且还在当地主办俳句杂志，因此我从小就深受父亲影响。由于父亲跟主办俳句杂志《马醉木》的俳句界大师水原秋樱子交情深厚，于是便在我们当地创办了《马醉木》的分部。我父亲是秩父乡下的一名穷医生，跟他的父母、妹妹及妹妹的孩子们住在一起。我母亲十七岁时就生了我，但到了二十四岁才正式嫁给我父亲。母亲经常被婆婆和小姑子欺负，我幼小的心灵充满了对母亲的同情，同时对这种"封建家族制"充满了痛恨。我认为若想解决封建家族制的问题，就必须首先解决维持个人生活的经济问题，后来我报考东京帝国大学经济系也是基于这种想法。当时秩父山村家家户户靠养蚕维持生活，日子过得非常清贫。一年当中蚕丝价格不断波动，生活也随之动荡不安。再加上1929年全球经济危机爆发，蚕丝最大的出口目的地美国市场蚕丝价格暴跌，与蚕丝相关的产业也受到极大冲击，乡亲们的养蚕所得只够勉强糊口，贫困问题越来越严重。当然作为医生的父亲也不例外，前来看病的乡亲们生活都成问题，哪还有余钱来支付医药费？我家也就逢年过节能收到点现金。平时来看病的人，都是拿自家地里种植的蔬菜、大山里捕获的鸟兽，或者自家院子的石头、木柴

跟父亲在一起（2岁时）

等来充当医药费和治疗费。乡亲们每次看完病临走时总是对父亲说："先生，我家暂时没钱付诊费，实在对不住了。"因此在这些乡下人看来，如果日本打赢战争，自然就会有钱，生活就会富裕起来。

等到我也到了参军年龄，经常会有人问我："兜太，不久你也会去打仗吧，到时可要好好打呀，一定要打赢回来，这样我们就有好日子过啦。"我不得不承认时代对人具有很大的影响力，大家的鼓励，让我内心逐渐产生了一种当英雄的想法，希望能靠自己的力量拯救乡亲于水火。1941年（昭和十六年）我背负着众人的期望，考入东京帝国大学（现东京大学）经济系，同年爆发了太平洋战争。1943年我提前从东京帝国大学毕业，进入日本银行工作。三天之后，因为接到了海军财会学校的录取通知书，又从"日银"离职，紧接着第二年（1944年）被派往特鲁克岛。

这里简单补充一下，其实我报名参加海军也有个人的小算盘。我心想，"反正得去从军打仗，与其当一名普通士兵，不如做一名带军衔的士官更有尊严"。正好当时日本海军为补充士官，设立了一种"特殊士官"制度，招收新人。那时我还没有从东大毕业，不过日本银行已经内定我入职。有一天看到校园张贴着海军招收士官的海报，我想都没想就报了名，却遭到父母坚决反对。好不容易说服了父母前去应试，没想到竟然顺利考上，同时日本银行也承诺若我能活着回来，欢迎随时复职。于是1943年9月我便正式入学海军财会学校，三个月之后的12月份，全国大学生被"强征入伍"，许多东大校友被送往战场，我因考上海军财会学校幸免被征，一直坚持到第二年2月正式毕业，3月被分配到日本海军在太平洋上的据点——

特鲁克岛。当时我 25 岁，在岛上不仅担任财务主管中尉，同时兼任第四海军工程部最年轻的甲板士官。

记得当时从海军财会学校毕业后，还要经过一个多月的培训，然后再有人来咨询你的志愿。这时候一下子暴露了我冒失的性格，当人家问我志愿时，我不假思索地答道："希望去南方前线。"因为当时我的眼前浮现出亲朋好友殷切的目光："一定要打赢回来。"虽然我头脑很冷静，内心却热得像一团烈火："为了乡亲我可以献出生命！为了国家我愿意牺牲一切。"如今回想起来，不禁为自己当年的轻率哑然失笑。不过当时自己高昂的斗志的确出自内心。说实话回答完"希望去南方前线"之后，着实让自己后悔了一阵，心想这下完蛋了，但说出的诺言无法收回。当时年轻无知的我表现得那么积极，说不定有些教官在心里暗自嘲笑我这个傻小子呢！其实当时也可以选择留在本土，一名教官就曾关切地问我："你对自己的选择不后悔吗？"我说："不后悔。"所以自那之后教官看我的眼神似乎多了几分亲切。

爱国主义与热爱和平的矛盾

1932 年（昭和七年），日本侵占中国东北后，扶植成立傀儡政权——"满洲国"，直接导致日本退出国际联盟，被世界各国孤立。当时几乎所有的日本国民都变得十分狂热，胸中燃烧着战斗的激情。但是谁也不会料到，从此以后日本将陷入万劫不复的深渊。

熊谷中学生时代

在我老家秩父，有位一直穿印染布服，穷得抬不起头的男子，某天突然西装革履昂首挺胸走在街上。人们问他："先生，您怎么这身打扮？"男子回答说："我在'满洲'做生意发了大财。"

我家是开诊所的，在当地有一定的地位，即使在外发了财的人，只要回到秩父都会前来拜访，于是就会听到一些天南地北的奇闻逸事。也许因为自己年纪尚小，对来访人的高谈阔论总是那么仰慕和向往。记得某天前来拜访我父亲的一位男子得意扬扬地炫耀说："'满洲'是梦想的天堂，我在那里当教员，待遇比国内好很多。我打算今后以'满洲'为跳板，到中国内地去发展。"听着来人夸夸其谈，父亲不时随声附和几句："真不错，真不错。"

由于从小有过这种经验，所以认为只要打赢战争，就能够过上富裕生活的想法也就无可厚非。当时"满洲"有一句非常流行的口号叫"建设王道乐土","五族协和"是当时的美好理想,即大和民族能够与居住在"满洲"一带的汉族、满族、蒙古族、朝鲜族和睦共处。大家都相信只要前往"满洲"就能获得一切,同样大家对战争的认识也大同小异。不管是真实想法还是半开玩笑,当时我听到有人说:"日本之所以如此贫穷,是因为人口太多,如果通过战争死掉一半就好了。"

然而随着年龄增长,我对战争的走向开始产生疑问,不知日中战争能否打赢。日本虽然通过"满洲事变"扶植傀儡政权建立了"满洲国",并将战事扩大到中国内地。但中国幅员辽阔,人口众多,冷静思考一下就会觉得:"这场战争绝对没有胜算。"当时还传闻"毛泽东率领的八路军非常厉害"。就在我前思后想不得要领的时候,日军突袭珍珠港,太平洋战争爆发了。我心想:"这下彻底完蛋了!与美军为敌,不是以卵击石吗?"

我大学的专业是经济,知道当时美国的国内生产总值是日本的十二倍。日本一开始可以凭借气势吓唬对方,但如果战事演变为长期战争,那么从两国的人力和物力来权衡,日本都不可能是美国的对手,最多能坚持两年就不错了。这也是当时大多数日本人的想法,也就是说人们从一开始就不认为日本能打败美国。而我会有这样的想法,是因为早在大学期间就接触到"帝国主义"这一概念。当时东京大学经济系许多教授都是非公开的马克思主义者,因此校园内弥漫着一种反战气氛,认为这场战争是日本发动的帝国主义侵略战争,而日本对美作战也是帝国主义国家之间争夺国际市场的战争。甚至有教授在私底下说："这是一场非正义的、绝对错误的战争。"

我一方面认为，在资本主义体制下，为抢夺市场而侵略他国，为各自利益而彼此产生摩擦也在所难免，因此日美之间才爆发了太平洋战争。另一方面，我脑子里又冒出一种莫名其妙的理由，认为是欧洲与美国侵略亚洲，给亚洲各国带来无穷的灾难，反过来又以各种借口美化侵略，简直厚颜无耻，因此也就认同了日本大本营（日军最高指挥机构）的说法："对美、英、荷宣战也是迫不得已之举。"

就这样，我始终在肯定和否定之间摇摆不定，一会儿"既然发动战争就一定要打赢"的想法占了上风，一会儿"如果战败，日本不仅更加贫穷，还有可能面临亡国灭种的危险"的想法占上风。恍惚之间我似乎明白了日本海军联合舰队山本五十六司令官为何要果断决定突袭珍珠港，听说他也认为"持久战对日军不利"，因此鼓足士气，争取在一两年内速战速决，以有利的条件与联合国签订停战协定。即便毫无胜算，也能抓住有利时机签订和约。我们青年学生大部分也赞成山本的理论。事实上在海军财会学校培训期间，或许因为大家都是书生出身，没有人认为日本能够打赢战争。因为一方面，日美两国人力和物力相差悬殊；另一方面，日本发动的是针对落后国家的侵略战争，是为争夺利益，因此作战理由丝毫不值得肯定。

尽管如此，25岁的我还是主动报名要求前往"南方前线"，因为身上背负着众多乡亲的期望，并且跟同龄人一样，有一种无可名状的责任感，为了祖国和民族，为了家园和父母，即使牺牲生命也在所不惜。那时一想到能报效祖国，为国捐躯，浑身就充满了无穷的力量与陶醉感。我想那些参加"特攻队"的年轻人这种想法应该更强烈吧。当听到自己将被送往最前线的特鲁克岛时，内心生出一种莫名其妙的感动，希望在与交战方签订和约、结束战争之前，努力为家乡人民而战。当时之所以把战争想象得如此轻松，是还不清楚真正的战争和死亡是什么。

奔赴前线之际，士官得到相当一部分津贴，我心想自己都要赴死了，还要钱做什么，于是就很大方地分发给周围的乡亲，他们高兴坏了。出发当天，许多亲朋好友前来车站送行，大家齐声欢呼："万岁，万岁。"那时的自己竟然如此天真和冒失，如今回想起来真是好笑。当到达战场，目睹那种惨状时，我震惊得哑口无言。那些死去的日本军人，与其说是战死，不如说大部分都是饿死的。太平洋战争期间，日军饿死的人数大大超过了战死人数，后来我逐渐明白，战争并非英勇行为。如今日本国内罔顾事实，鼓吹英雄、美化战争的右翼思潮日渐抬头，其意图不言而喻。

大义令人陶醉

大凡动物都具备争斗心理，特别是人类更胜一筹。假如冠以大义名分，便容易随波逐流。若进一步号召大家为了保卫家园舍生取义，更容易激起斗志。因为这种词句最容易抓住人性的弱点，让人动情，毫不犹豫一头冲进去。战争将消灭敌人进行美化，然而退一步冷静思考就会明白，消灭就意味着杀戮。

1937年（昭和十二年）我升入旧制水户高中，同年发生了"日支事变"（卢沟桥事变），年底中华民国首都南京沦陷。此前一年（1936年）日本军人发动了"二二六政变"，1938年（昭和十三年），政府颁布《国家总动员法》，国内气氛骤然紧张。当时的水户是军都，人们并不知道那时日本已经深陷泥沼，大家系着腰带在大街上高呼"万岁！"，我们高中生也为皇军攻陷南京而欢呼。现在回想起来才明白，无论何时何地都不乏头脑冷静的有识之士，因为我看到在狂欢的人群中也夹杂着许多忧郁的面孔。

日本民族是一个喜欢跟风的民族，一经煽动就容易头脑发热，加上当时日本对中国人的歧视十分严重，因此当天皇对中国战局亲自下令时，一些将官趁机上奏天皇，"'支那'军队不堪一击"。同时社会上也充斥着"'支那'是劣等民族"的论调。都是一样的人，却存在着歧视或被歧视，可见人类是多么愚蠢的动物！一方面冷静的大脑告诉自己日本难以取胜，另一方面，为了祖国热血却在沸腾。加上从小就被教育说"学生是祖国的未来和希望，必须胜利归来"，在这种言语的煽动下，自己也不知不觉地被鼓动起来。我想当时许多人都有大脑冷静和内心火热相矛盾的感觉吧。

我属于"心灵脆弱"的一类人，是骑墙派，却错误地认为自己有教养、有能力看透大局。当时许多人的想法都跟我一样，特别是我所在的俳句界，每个人的思想似乎是一个模子脱出来的，一会儿说"要在战争中建功立业"，一会儿又说"战争是魔鬼"，改口就像翻掌似的，丝毫不脸红。

水户高中俳句会，前列左端为金子兜太

水户高中柔道部，中列左三为金子兜太

以史为鉴，打破依附权力的想法

1940 年至 1943 年，日本国内发生了特高科（特别高等警察）镇压"新兴俳句运动"事件，当时许多反战俳人因借俳句讽刺战争，被特高科以违反《治安维持法》的罪名逮捕入狱。当时在大学里因言获罪的人也不少。

记得读大一的时候，跟我很要好的一位学长，失踪了几天之后回到学校，看到我就说："金子君，你这段时间在忙什么呢？"我回答说："每天沉迷于俳句世界，逆世而行呗。"于是他笑着说："现在可是战争时期啊。"我依旧浑然不觉地回应道："我就这副德性，喜欢活在自己的世界里。"不久那位学长在我信箱里留言，约我前往学校荷花池边见面。我心想，什么重要事儿？满腹狐疑，不过最后我还是应邀赴约了。一见面他就对我说："先别说话，看看这个。"他冲我伸出双手，手背向上。我正疑惑之际，突然发现他双手的指甲盖全没了，原来他被特高科审讯拷打，双手的指甲盖都脱落了，我感到后背一阵寒意。原来这位学长不久前曾在大街上宣传"这是一场非正义战争"，结果就被特高科盯上，关押起来拷打审讯。

若是一般人的话，特高科会认为你只是一时误入歧途，关几天就放出来了。可如果你是东大的学生，当局就会把你看作是知识分子，是思想犯，你的背后肯定有人指使或有激进思想在影响，于是就会严刑拷打，"有没有加入特定组织"啦，"有没有同伙"啦，一直拷打到双手的指甲盖剥落，疼得昏死过去，再被冷水泼醒，然后继续拷打。

"所以说金子君，你想成为一个自由人没错，但一定要谨言慎行啊！"这位学长善意告诫我的同时，还不忘挖苦我说："不过看你这副德行，也不会有什么大问题，每天就知道喝酒和作俳句。"学长的意思是，"既然决定做自己想做的事情，就不要半途而废，军部虽不可怕，但也不能放松警惕"。学长的忠告让我毛骨悚然，从此我对自己的一言一行都十分小心。

随波逐流，大泄私愤之辈

这次镇压"新兴俳句运动"，首要的对象是"京都俳句"的成员，核心人物是渡边白泉，他的名句是：

戦争は廊下の奥に立ってゐた

> 罪恶战争已走近，
> 走廊深处见幽灵。

就因这首俳句被人检举，并被以违反《治安维持法》的罪名禁止创作，此后渡边先生与俳坛断绝了往来。当时我所属的俳句杂志叫《土上》，由岛田青峰先生主编，可是没过多久，先生也遭受牵连锒铛入狱。我从没见过岛田先生如此消沉，不久便郁郁而终，由此可见当局已将《治安维持法》扩大解释了。

镇压俳句事件不仅是政府行为，也有民间行为。那些长期被压抑的嫉贤妒能之辈趁机作乱。"京大事件"的导火索是这首俳句：

自分から自由を手放してしまう奴ら

自己主动弃自由，
这种家伙不能留。

这首俳句的作者意识到与政府作对会祸及自身，于是文风一转，讽刺进了监狱的人是主动放弃了自由，如此谄媚地迎合强权，就像蝙蝠一样。自己放弃自由也就算了，反过来又嫉妒那些为自由而战的人，于是这些骑墙派便与政府权力机构同流合污、沆瀣一气，欺压正直之人，简直就是首鼠两端、小人得志。在这种气氛中，因为不需要政府直接出手就可以将人们追求自由的想法逐渐扼杀，所以追求自由的力量和声音就变得越来越微弱……

其实不管你是左还是右，我认为相互包容、兼收并蓄才是最为正确的方法。我绝对无法原谅那些仗势欺人、狐假虎威、趁机大泄私愤的势利小人。我不认为大声批判别人的思想，伤害别人的自尊，自己就能从中获利，如果有靠伤害别人来获得满足和快感想法的人越来越多，这个时代就会变得十分危险。

消灭歧视才称得上智慧

"京大俳句"成员中有十五人被捕入狱，他们只是一些希望自由创作俳句的普通人而已。如今安倍政权仍然企图故技重演，虎视眈眈地随时想捕捉利用这种风潮。事实上，现在全国许多自治体（日本的市、町、村的行政区划，相当于中国的地方政府——编者）都拒绝为所谓的"政治活动"提供公共场所。市民团体组织"思考宪法"的集会，向自治体租借场地时竟被断然拒绝，也有一部分自治体刊物借口"反对修宪"标题不合时局而不予刊登。

不久前，某自治体因为拒绝刊登"保卫九条护和平，妇女游行梅雨中"（原句：梅雨空に「九条守れ」の女性デモ）这首女性俳句而引起舆论哗然。由此看来虽然政府公权力尚未介入，地方行政官员已经开始自我审查，即所谓的揣度上意。另外，在年轻人中间流行的网络上，舆论也同样出现了不论是非对错，只论声音大小的风潮。谁的声音大，谁就正确，声音小就被视为异端而加以封杀。同样还有仇恨性言论问题，所幸目前政府已经出台了《仇恨性言论对策法》，不过其中并未明确规定惩罚标准，当然杜绝这种言论也比较困难，所以只好委托给主办方凭借良知处理，最终肯定会不了了之。

目前的社会不关注理性只关心感觉，看事情只关注表象不关心本质，喜欢随波逐流，而且越是声音大的人越会制造气氛，越会利用人们的不满心理制造社会舆论。如果你对他提出理性批评，他就会歇斯底里地反驳你，问题无法被心平气和地加以讨论，这种结果令人遗憾。人类的"知性"就应该是对所有事物不持偏见（拥有"知性"的人，我将其称为"自由人"），世上本来就存在着形形色色的人，人和人之间就应该相互包容和理解，这样社会才能进步，生命才能更加丰富多彩。然而社会上总有一部分人喜欢强迫别人朝同一个方向前进，如果不合其意便视之为异类而进行排挤打压。他们会率先自我审查，相互约束，彼此监督，以抬高自己，这种氛围与战前何其相似。"满洲事变"之后的"十五年战争"时代，官僚、行政人员，即所谓的治安当局，就在制造和煽动这种气氛。那些本来尚未触及违反《治安维持法》的底线的行为，这些人却根据自己的标准和判断，故意扩大解释，抓人辫子、扣人帽子。今天的《特定秘密保护法》跟战前的《治安维持法》相比，有过之而无不及。

虽然目前的社会风气尚未达到故意煽动人们极端情绪的地步，然而社会风气的天平会不知不觉地随着舆论的发展不断倾斜，也许某天倾斜的速度会突然加快。"十五年战争"的初期，形势也没有那么严重，可短短几年就发展为全面战争。镇压俳句事件发生在昭和十五年（1940年），而日美全面开战就发生在次年（1941年）。当人们都放弃独立思考，跟风打压异己时，整个社会就会在错误的道路上绝尘而去。

前面我曾提到过，我的家乡秩父战前弥漫着"只要打赢战争就能过上好日子"的气氛，而学校的教师也随波逐流，人云亦云，课堂上趁机给学生灌输这种思想，下一代也就失去了反思能力。

再比如"二二六"事件，那时我刚上中学，思想不成熟，对于军人的政变我认为"年轻将领为国着想，干得不错"。遗憾的是，当时日本国内有纵容这种思想蔓延的土壤，大街小巷听不到任何反对声音，也看不到那些头脑冷静的有识之士站出来斥责。

离开特鲁克岛时，我曾发誓绝不辜负永远留在岛上的战友，一定将自己经历的一切告诉后人，这是历史赋予我的使命。多年来，自己虽没有做出过什么惊天动地的大事，但一直尽最大努力去守护目前的和平生活，不曾有过辱没人格的言行。

第二章

死亡边缘捡回一条命

——在特鲁克岛上

战争就在身边

时光飞逝，转眼到了奔赴南方前线的日子。1944 年（昭和十九年）3 月，从横滨矶子机场，乘坐海军俗称的"二式大艇"飞机前往特鲁克岛。当时二式大型飞行艇与零式舰载战斗机并称为世界上最先进的飞机。单就"二式大艇"的飞行能力来讲，本来可以从日本本土直飞特鲁克岛，但由于有高级军官同机，所以便在塞班岛住了一晚。当时的塞班岛就是一座和平的南方岛屿，岛上洋溢着欢快的气氛。我记得树丛中矗立的一幢木屋是日本海军宿舍，当时丝毫没有即将奔赴前线的紧张感。然而三个月后，包括塞班岛以及马里亚纳群岛在内，都变成日美交锋的主战场。

第二天，从塞班岛飞往特鲁克岛途中，天快黑的时候，机舱中的气氛骤然紧张起来，我们的飞机被美军的 F4F 战斗机发现了。我们架好机关枪准备迎战，但对方因为只有一架飞机没敢对我们下手，让我们躲过一劫。至此我才终于意识到："啊，这儿就是战场了。"

飞机在特鲁克岛上降落时，天已经完全暗了下来。飞机降落到舰队司令部所在的夏岛上，头天晚上由于天黑没看清楚，

第四海军工程部——特鲁克岛上

第二天早上起床一看，周围一片焦土，对面的山坡在炮击后露出了红色的土壤。岛上的战友介绍说，上个月在特鲁克岛，连续两天遭到美军机动部队舰载机轰炸，日军损失 270 架战机，舰船被击沉 43 艘。基地上到处散落着飞机的残骸，被炸坏的运输船挺着红色的肚子，仰面朝天地泡在水中。在此赘述一下，据说零式战斗机基地之所以受到这次攻击，最大原因是舰队司令部跟零式战斗机飞行员之间的联络不畅。当飞行员察觉到敌机轰炸基地而赶来救援时，基地已沦为一片火海。据说当美军机动部队接近的时候，日军侦察机就已经发现了对方，而且位于冬岛的雷达基地也已掌握了敌军的行踪。尽管如此，舰队司令部却没有下达明确指示，因此本次被袭事件成为日军杜撰命令的标志性事件。老实说，一踏上特鲁克岛的瞬间，我就

停泊在特鲁克岛的武藏号和大和号战列舰（1943 年）

感觉到战况的严重性。"既然要参军就要到最前线去"，那种青年人的豪迈气概，至此已荡然无存。

特鲁克岛现在是密克罗尼西亚联邦丘克州的州府，位于西太平洋，距离东京大约 3500 公里，整个岛屿方圆 200 公里，由大小 248 个岛组成，与孤零零地漂浮在大洋上的塞班岛和关岛不同，因此称其为特鲁克群岛更为贴切（本书按作者习惯，称其为"岛"——编者）。这里是世界上最大的珊瑚环礁岛，主要的四个大岛，分别以四季的名称命名为春岛、夏岛、秋岛、冬岛。夏岛是中心基地，岛上有南洋厅的分支机构。另外七个稍微大点儿的岛分别以月曜、火曜、日曜等七曜命名，被称为七曜群岛。此外还有以植物名称命名的岛，比如零式战斗机基地所在的竹岛以及薄岛、枫岛、芙蓉岛等。

由于整个岛屿被大环礁包围，因此内海风平浪静，是停泊舰艇的最佳场所。这里作为日本海军联合舰队的据点，曾经停泊过武藏、长门、大和等能够代表日本的大型战舰。夏岛上有银行、邮局、报社等，听说花街还有过横须贺海军料理店的分店。但是随着战况日益恶化，大部分日本人都撤回本土去了，我赴任时岛上的日本人，陆海军相加也不过四万人，其中第四海军工程部的工人就有一万人左右。那时岛上还有几处机场，我的任务就是负责岛上巡逻。

三个月之后我前往枫岛巡逻时，即兴作了如下一首俳句：

魚雷の丸胴蜥蜴這い廻りて去りぬ

叹鱼雷暴尸林丛，
哀蜥蜴蹑足潜踪。

战后我前往恩师加藤秋邨先生住处报平安时，这首俳句获得了老师的赞誉。我觉得只有这首俳句才能表现当时的那种阴森恐怖感。

面临被遗弃命运的岛屿

我的上峰是财务中佐矢野武，他的笔名叫西村皎三，是著名海军诗人，出版过著作，接受过民间诗人团体颁发的大奖。

我前往矢野中佐那里报到时，他提醒我特鲁克岛上的防御工事准备得并不充分。他问我："假如敌军进攻路线有两条，一条向塞班岛去，而另一条向特鲁克岛来的话，金子君认为敌军会如何行动呢？"面对中佐的突然提问，我一时不知该如何回答。他接着说："我更倾向去塞班岛。"他继续说道："金子中尉，美军的机动部队应该在塞班岛、关岛一带游弋，特鲁克岛已经被人遗忘，不会有直接的战斗，过几天军需补给也会断绝。听说你会作俳句，为了缓和一下岛上的低迷气氛，我们不妨苦中作乐，你帮大家组织一次俳句会吧。"令人遗憾的是，没过多久，矢野中佐被调任回国，途经塞班岛时遭遇美军舰炮袭击而丧命。

当时美军在马里亚纳群岛一带来回游弋，日军很难判断美军到底会从哪边进攻。特鲁克岛上的基地和港口，已经被美军轰炸得几乎失去了原有的功能。尽管如此，军部仍然期待岛上驻军坚守阵地，重建要塞，卷土重来，也就是说必须死守南太平洋上的据点。重建要塞的任务就落在我所属的工程部队的头上。

工程部的人员大都是全国各地招募的民工，并非正规军人，这些人被称为"军属"。我除了管理财务之外，还被任命兼任甲板士官。甲板士官由最年轻的士官出任，负责监督船上生活纪律，本该由兵科（直接作战的部队士兵）士官出任，但因为工程部队职能部门较少，只有财务科、技术科、医务科等，因此工人的管理工作便落到工程部队，最后落到我的头上。

虽然军部命令重建岛上要塞以加强防务，但矢野中佐对此不以为然。果然后来特鲁克岛就像矢野中佐预料的那样暂时被遗忘了。因为美军并未光顾这里，而是到了塞班岛。美军前往塞班岛有两大理由。其一，特鲁克岛是世界上最大的珊瑚环礁岛，日本海军只打开东西南北四个出口中的一个，剩余的都被机雷封锁，可谓易守难攻。其二，塞班岛上没有珊瑚，是一座裸岛，进攻那里消耗的战斗力最少，而且只要攻占了塞班岛，那么自然而然就会切断特鲁克岛上的补给。因此稍微具备一些军事常识的军人，几乎都认为美军不会冲着特鲁克岛来，而是会去塞班岛。

我是财务士官，岛上粮食、被褥等都归我管理。刚赴任时，我发现一件匪夷所思的事儿，粮袋不是存放在隧道里，而是露天堆放。我曾经问过矢野中佐其中的原因，他告诉我说他自己也觉得奇怪，工程部队的工人不听调遣。后来我才知道矢野中佐跟工程部队指挥官关系不好，命令执行不下去。就因为这些无聊的人际关系，而让宝贵的粮食堆放在外面，简直暴殄天物。美军似乎也发现了这里的状况，于是派飞机前来轰炸。至今我还记得当时被炸毁的大米散发出的阵阵清香，在岛上延续了好多天。那时我不假思索脱口而出："中佐，这分明就是战败的气息啊。"矢野中佐听后立刻训斥道："不许胡说！"然而1944年7月日军失守塞班岛，战况日益恶化，我的失言竟成谶言。

不断有人饿死

我在战场上目睹的死亡有以下几种：一、被 F4F 战斗机炸死；二、死于手榴弹试验的事故；三、活活饿死；四、因偷盗卡纳卡（カナカ）族粮食，或者强奸卡纳卡族妇女而被砍死；

五、工人之间为共同喜欢的男人争风吃醋相互斗殴致死。其中因饥饿致死的人数最多。

我刚来岛上时，食物还算丰富，每天的餐桌上可以看到米饭、酱汤、烤鱼、水果等，只看餐桌根本看不出是在跟美军作战。不过这种日子没有维持多久。

塞班岛失守之后，美军进一步加强了攻势。从内地运送的物资补给被彻底切断，粮食短缺问题日益严重。部队每天轮流派人去跟原住民交涉，希望他们能援助一些食物。当然他们连自己都喂不饱，怎会有多余的食物援助日本人呢？因此不时有一些饿得实在受不了的工人前往原住民村子里抢食物，这时卡纳卡人就会拎着切椰子的砍刀进行反抗，日军跟原住民的关系也变得日益紧张。

为了生存下去，我们的部队从夏岛前往秋岛，在秋岛后山开辟出一块农田来种植红薯。但由于地质条件恶劣，缺少肥料，好容易长出了茎叶，却被"害虫"吃了个一干二净。这种害虫白天藏在茎叶根部，一动不动，到了晚上就爬上来吃叶子。昨天还绿油油的叶子，早上起床再看时，已开始发黄变蔫了。主管伙食的部下跑来带着哭腔对我说："队长，我们的红薯都被害虫吃光了。"回想起来那时自己也真是无知，竟然想不出对付害虫的办法。

红薯苗是从冲绳运过来的"冲绳100号"，送苗来的当地人一定知道驱除害虫的办法，而当时只想着要红薯苗，却忘记同时请教驱虫办法了。不过这种情况下总会有人自告奋勇地站出来，大言不惭地说："这点小事包在我身上吧。""我是农业专家，懂得驱除害虫的办法。"大家似乎都想当英雄，于是各种主意层出不穷，最后却没有看到任何效果。

　　1944 年 10 月至 1945 年 8 月日本战败这十个月的时间里，我们没有跟美军作战，而是在跟饥饿作战。每天早上起床就会发现有人死去，最多的时候会一次死去五六人。这些人都是晚上睡着的时候就死了。好多工人最后饿得只剩下皮包骨头，然后安详地闭上眼睛，没有了欲望，如同熟睡一般，我觉得被饿死实在是太冤枉了。

　　其实人饿到一定程度时便不再瘦下去，这时小肚子开始发胀，双腿开始浮肿，脚指甲盖上翻，膝盖以下粗得如同大象腿一般。尽管如此工人们仍然爬着去上班，因为不上班就没有饭吃。如果浮肿蔓延到胸部就说明这人快不行了，这时同伴会拿出平时舍不得吃的大米和罐头送他最后一程。

　　我刚来岛上时由于年轻，对许多事情的本质看不清楚，坚信那些到南方第一线来的工人都是为了在战场建功立业，如今才知并非如此。其中有逃难而来的，也有希望在南洋创建一番事业的，还有相信只要到达南洋就能够填饱肚子的，等等。总之，大伙儿到这儿的目的各不相同。昨天满怀希望而来，今日落得饿死他乡。工人们死得越来越多，渐渐地埋葬工人的活儿只好由军人来完成，每当有人饿死，军人就会把他们抬到山上事先挖好的洞穴合葬。

吞食捡拾食物而送命

　　本来筹措食物是我的职责，然而所有事情进展得并不顺利，红薯秧被害虫毁掉了，大米种植尚在试验阶段，如何才能养活这一大岛的人口呢？我每天都在为此发愁。特别是我的部下都是一些不懂得遵纪守法的家伙，不仅饭量大，而且耐不住饥饿，总是在岛上捡东西吃。岛上有种野菜叫南洋菠菜，长得又绿又嫩，于是工人们会挖一些回来，在海水中煮一煮就当饭吃。吃的时候看起来很香，谁知道过一会儿就开始拉肚子，然后就死了。

此外，工人们经常开着蒸汽船去捕鱼，将手榴弹扔进海里，不久被炸死的鱼就会浮上水面，被打捞上来充饥。有时候，炸死的鱼中偶尔也混杂着河豚。工程部的工人来自不同的行业，拥有不同的手艺。其中有位厨师专门为士官做饭，这个人曾在山口县下关市开过河豚料理店，他把炸死的河豚处理一下，就拿给大伙儿吃，大伙儿怕死，都不敢吃，一开始我也有点犹豫，不过大胆尝了几口之后，觉得味道的确不错，而且也没有被毒死，从此以后这位厨师经常给我做河豚吃。

俗话说巧妇难为无米之炊，好景不长，由于缺少食材，厨师也失业回本土去了，士官食堂处于"开门停业"状态。偶尔还会有河豚捕上来，但没有人会料理，有人饥不择食，抓起来就吃，结果马上去见佛祖了。可见在饥饿面前，人的本能会暴露无疑。看到同伴一个接一个被饿死，我却束手无策，至今我都觉得对不起他们。

后来我发现岛上有蝙蝠。那时我自己住一间屋子，屋子坐落在海边，海边的岩崖上有个钟乳洞，白天无聊进去闲逛时，发现墙上趴着许多蝙蝠，抓住一只细看时，那蝙蝠突然就受到惊吓，两眼一瞪死掉了。由于它们白天在睡觉，所以很容易捉住，我就逮了几只放进口袋拿回去烧着吃。

烤蝙蝠的味道跟烤鸡肉串差不多，把它身上的绒毛用火烧掉，只剩下肉，然后用木棍穿在一起烤。一开始自己一个人试着吃，后来觉得味道不错又告诉其他人，其他人吃了也觉得味道不错。

战后常有人问我怎么不吃蜥蜴，我告诉他说吃了蜥蜴会拉肚子，有位跟我同期参军的战友是通信兵，就是因为吃了蜥蜴拉肚子死的。听说驻菲律宾的部队有人吃过蛇和青蛙，但是特鲁克岛上既没有蛇也没有青蛙，也就没有他们的口福了。

统率着一群乌合之众

日本军队（包括陆军、海军以及工程部队都一样）的编制是一个大队下辖三个中队，一个中队下辖三个小队，一个小队下辖四个分队，一个分队有十二三人，小队长是少尉，海军叫兵曹长。吃饭时按小队、日常生活按分队来进行。工程部队的总人数大概有一万二千人，其中一半工人是从内地招来的，还有一半是漂泊到南洋之后前来应征的，他们不算正规军人，属于编外人员，美其名曰"军属"，因其地位比军人低，所以待遇也不高。其中商科学校毕业的人不在少数，而且几乎都还是单身。我是中尉，管辖一个中队，我的职责包括督促他们遵守军纪。

这些人都年轻气盛，很难管教，有的肩膀或背上还有刺青，打架、斗殴、酗酒、嫖娼是家常便饭。换句话说，他们是一些因生活所迫流落此地的乌合之众。

对于我这样一个刚满 25 岁的年轻人来说，管理好这些人并非易事。但是他们似乎对我非常尊敬，经常喊着"队长、队长"跑到我这儿来。当然我也不讨厌他们，也许是因为我从小在秩父乡下长大，熟悉贫苦大众为生计而努力工作的情况。不摆架子、不打官腔，以真性情对人才符合我的性格。

　　不过话又说回来，我面对的是一伙天不怕地不怕，杀人不眨眼的混混儿。对他们来说这场战争是他们活下去的手段，其中也有年纪稍微大一点的，还有一些是陆军退伍军人，他们拥有丰富的军队生活经验，因在国内找不到合适的工作，于是再次以另一种形式入伍，他们希望战争快点结束，能够平安回国。他们非常自信，认为第一次参军没有丧命，那么第二次也不会有事。而且特鲁克岛上有家公司专门种植番木瓜，他们认为只要有这种食物就不会饿死。

　　的确，工程队的工人不是正规军人，不用亲自作战，但是敌人不管你是军人还是平民，美军 F4F 轰炸机前来轰炸时，工程队的工人也同样会被扫射，每天大家都命悬一线。有时我会半开玩笑吓唬他们说："说不定哪天 F4F 轰炸机就会要了你的小命。"然后他们会毫不示弱地说："等到射中了再说，反正现在没事。"其实内心在说："我肯定不会被射中。"从这点上来讲，他们又是一群乐观自信的人。

　　1944 年 4 月，日本本土来了一艘医疗船，岛上的女性都乘坐这艘船回国去了。平时经常看到的那些护士、服务员、话务员、打字员等都不见了踪影。这时在岛上的，除了卡纳卡族的女人之外只剩下男人。工程队里比较饥渴的工人就会潜伏进原住民部落去寻找女人，一旦被原住民男子发现，后者就会提着砍刀追赶，跑得慢的随时会背后挨上一刀，甚至丢掉性命。虽然经常被砍，但是甲板士官们由于年轻气盛仍不死心，他们会去找族长交涉。不过原住民的族长却不容易被说动，在他们看来，怎么能容忍外族人在自己的家园为非作歹？

由于缺少女人，不久整个岛上公然流行起男色来，许多男人之间开始产生感情。我所在的部队不到一个月，就到处可见同性恋伴侣了，其中还发生了为争夺美少年而互殴的事件。负责警备的士兵也曾想上前制止，但到了第二天一切都归于平静，似乎什么也没有发生过，最后只得不了了之。因为工程部队里百分之九十五是平民，所以同性恋最多。军人只占百分之五，又主要是医务和财务人员，他们总觉得做那种事可耻，所以人数较少。

另外，杀人的事也司空见惯，有时候还以为他们之间有什么仇恨，但后来才知道"就是想杀人"。杀人者满脸笑容走近对方，跟对方打招呼说一声"嗨！你好"，然后一手抓住对方的脖颈，另一手拿着尖刀就捅向对方的颈动脉。在这样的环境中，杀人就像打电子游戏一样，如果在国内的话也许还有自制力，但在这里就是天高皇帝远了。虽然杀人的男子后来被关进牢房，但很多人都把他当作英雄，"哎呀，干得太棒了！"部队长官有时也会从他们中间选拔一些优秀的人才来担任警卫。

对于杀人者原本打算加以严惩，但是一想到目前正是用人之际，所以不能判处死刑，只好把他关进有警卫负责看守的小屋，让他在小屋周围一边种植红薯，一边进行反省。但这种家伙丝毫不知悔改，当我去看他时，竟然满不在乎地跟我要烟抽："队长，给一支烟啊。"实在让人哭笑不得。

一开始我觉得凡是犯罪的家伙都应该处死，后来才知道这是不可能的，因为人数太多了。经常跟这些人在一起，感觉自己都变得有点儿不正常了。

这时候，从帕劳来了一位守卫长名叫土井，是个工头，头脑冷静，性格坚毅，柔道六段、剑道三段，还是空手道达人。他每天都会不间断地拔剑练习，我非常感谢他曾救过我一命。记得那时他对我说："队长，你还年轻，头脑要冷静，这儿可不是普通世界，好多事是无法用脑子去理解的。"于是不久之后我开始接受他们的世界，即"不加掩饰的世界""人之本能的世界""毫无伦理观的世界"。我将自己融入其中，就必须直面他们，我该如何生活下去，这个问题让我思考了很久。

不过在我向土井请教的过程中，渐渐觉得这个"世界"变得有趣起来，好多事情也不必多想了。因为每天在现场都会发生形形色色的事情，事必躬亲是不可能的。我开始觉得："这种不加修饰的世界，才是所谓的人类世界的顶峰。"不管从好的意义上讲，还是从坏的意义上讲，这里是一个极端的世界，而我就置身其中，对我来说这是一段宝贵的生活经历。只要我还活着，我就会一直关注他们的生活方式，我突然觉得开始喜欢上他们这种不加修饰的存在。

我只记得土井先生的姓，忘记他下面的名字了，我们曾一起乘坐最后一艘撤退船回国。他老家在土佐（高知县的旧称）的中村町，回国之后我收到过他的来信，说暂时跟父母住在一起。土井先生小学毕业之后就来到帕劳，多年来一直在南洋生活，回国前他还担心说，不知自己今后能否适应日本的温带海洋性气候。我一直非常惦记他，有一次因俳句的事情前往土佐，顺便抽空儿去看望他，却怎么也联系不上，后来到警察局一打听，才知道他不适应内地的气候，感染风寒去世了。

至今我仍然认为，跟他相识是我一生最宝贵的财富，是他教会我如何跟只靠本能生存的人打交道。现在我经常使用"存在者"一词，因为我觉得在特鲁克岛一起生活过的部下——那些工人，才是"真正意义上的人"，不分身份、名誉、地位，随心所欲地生活，而土井先生又是这些"存在者"的代表。当然并非从野蛮层面去理解，而是从真实自然的层面去理解。当我听到他的死讯时，便再次决定"我要为这样的人创作俳句，要为存在者活下去"。

习以为常的轰炸

刚开始几个月，美军 F4F 轰炸机几乎天天在头顶盘旋，有时还会丢下几颗炸弹，于是不管军人还是工人每天都有人被炸死。因为财务科要频繁地派发粮食，所以运送货物的蒸汽船就在各个岛屿之间来回不停地穿梭，而美军 F4F 轰炸机就盯上了这些运输船。

有一次，蒸汽船正从冬岛往秋岛运送食物，突然遭遇美军 F4F 轰炸机的袭击。当时站在船头的一名工人正指挥着一艘运送红薯的船，他看到头顶有个东西在慢慢蠕动，一开始并不知道是轰炸机，当意识到时已经来不及了，飞机早已俯冲下来，不仅能听到声音，还能看清楚机身了，这名工人瞬间就被机枪射中掉进海里。等轰炸机飞走后，大家赶紧将他捞起，但身体早已变得僵硬。子弹打中了心脏，一击致命。

其实这种时候唯一的办法就是站着别动，这是铁一般的法则。因为对方居高临下，专门袭击移动目标，一旦你站着不动，它就很可能飞过去了。我当时大喊一声："不要动！"可是我的声音还没有传过去，他就已经被击中了。我到现在都在后悔为什么不事先对他们做好提醒工作呢！

当时日本的防空机制处于半瘫痪状态，拉包尔（巴布亚新几内亚北部的港口）基地遭到破坏后，飞机便到特鲁克岛寻求补给。因此我刚到岛上时，竹岛的零式战斗机基地还停放着大约30架战机，但没过多久，就被美军的舰载机全部摧毁了。

我曾经在竹岛基地跑道边上目送日军战斗机陆续起飞，去迎击美军的机动部队。其中有位海军的兵曹长是一名经验丰富的飞行员，起飞时我看到他机舱内挂着一只猴子吉祥物，但我不知道他后来是否生还。

我抵达特鲁克岛的四个月之后，美军先后攻陷了塞班岛和马里亚纳群岛，并将攻击目标转移到日本本土。虽然他们知道这里的岛上已经没有零式战斗机，不用派主力前来，但仍然没有掉以轻心。因为担心腹背受敌，美军继续对这里的岛屿进行轰炸，由此可见美军做事是多么谨慎。美军几乎每天白天都派战斗机前来侦察，晚上派轰炸机往下扔炸弹。我每次都在脑子中计算，我军又损失了多少架战斗机。在此期间，我一方面已经确信战争必败无疑，但另一方面又期盼迎来转机。

美军将部队零牺牲放在首位，他们非常怕死。其实作为正常人怕死是理所应当的，而像日本人这样喜欢逞强，并怀着"死有何惧"的想法才不正常，这种极端想法集中体现在"特攻队""人体鱼雷"上。

军官面对死亡，早已麻木不仁

我确信战争是绝对错误的想法，源于一次手榴弹试验带来的冲击。随着战况日益恶化，特鲁克岛上战略物资，包括武器、弹药等的补给也无法得到补充。为了缓解武器短缺的状况，工程部队决定亲自研制手榴弹，其实就是把空弹壳收集起来，里面装上火药，然后试验能否爆炸。这次试验让我对战争的认识发生了彻底的转变。

军中等级森严，职位依次按将校（日军中的"将校"阶层包括将、佐、尉三级——编者）、下士官、士兵等排列，我所在的部队工人占多数，他们不属于士兵，待遇比士兵更低，一般危险的工作都由他们承担，这次的手榴弹试验他们也首当其冲。因为如果万一失败，也不能死士兵，士兵还要打仗，工人死了倒无所谓，由此可以看出这里等级森严，等级歧视非常严重。即便同为工人，干体力活儿的与做技术活儿的待遇也不一样，技术工人是非常宝贵的人才，而工程队主要从事道路施工等简单的工作，故"生命的价值"是有所区别的。

"金子中尉，这次手榴弹试验就由你们部门来负责吧"，我接到命令之后，就开始在队伍中招募"愿意尝试"的志愿者。日本人真是奇怪的人种，竟然真有人自告奋勇站出来充当英雄。当时的手榴弹跟现在的不一样，是先把手榴弹往坚硬的物体上撞击一下，等一会儿再扔出去，手榴弹就在对面"砰"的一声发生爆炸。但不幸的是，这次试验刚撞击了一下，还没等扔出去就爆炸了。一瞬间那名志愿者右臂就被炸飞，背部被炸开了洞。没看到流血只看到肉飞了出去，志愿者的身体飞到半空又摔了下来，当场毙命。在他旁边指导进行试验的伞兵少尉也被炸飞到海里，不见了踪影—— 一片流弹扎入他的心脏，他也当场毙命。

接下来发生的事情也让我记忆犹新，十几名工人抬着倒下的同伴，朝两公里外的医院跑去，说是医院其实就是临时搭建起来的简易木屋。刚才已经说过，被抬去的人，右臂已经被炸飞，背部也炸开洞，谁都知道已经死了，但是大家还是抱着一线希望向前奔跑。这时我心想："人类太伟大了！"这件事改变了我对人的看法。这些工人心中并没有"圣战的大义"，他们都只是想到南洋来谋生活找出路，然而在同伴身处危险之际，竟然能够挺身而出，实在让人感动。他们抬着同伴奔跑时的喊声以及背影至今深深刻在我的脑海里。相反，当我们将那名少尉的死讯报告给伞兵部队时，作为队长的少佐及其手下的士兵都在发笑——他们通过实战已经历过无数死亡，因此对死亡已经麻木不仁了。这时我又感受到人性的矛盾，一边是为了救助同伴拼命奔跑的工人，另一边是面对同伴的死亡麻木不仁的军人。

此外军队等级森严，视人命为草芥。从军队高层来看，战争本来就要死人，更何况只是死几个工人和士兵而已。就连舰队司令部的工程参谋也公然满不在乎地说："这里是建筑工地，死几个工人算什么？"当美军飞机来轰炸时，也因为防空洞不够用，许多建筑工人只能集体躲进临时搭建的木棚里，结果被集体炸死，30多人的手脚、脖子、生殖器等被炸得四处飞溅，惨不忍睹。

由此可见，战争会让人变得冷酷，会泯灭人的良知，让人变得麻木不仁。虽然那些工人是所谓的"人渣"，但他们也有纯真的一面，而让他们死亡的却是魔鬼般的战争。我开始厌恶战争，痛恨这杀人的魔鬼。

虚无岛上行走着无声的送葬队伍

由于特鲁克岛失去军事价值，日本本土不再派遣增援部队和投递物资，美军主力部队也不再光顾。虽然偶尔也会有美军轰炸机飞过，但特鲁克岛明显逐渐被人遗忘，正在变成一座"虚无之岛"。岛上的人每天在岛上偶尔躲避一下美军战机的轰炸，剩余时间就是为填饱肚子而生产粮食，即使让你逃跑你也逃不出去。

大家已经不知道"到底为什么活着"，生存逐渐失去了意义。一旦有人死亡，就会被抬到山上的洞穴去埋葬。秋岛呈高台状，顶部是庄稼地，半山腰是洞穴墓地，人死了就扔进洞穴里，既无寿衣，也无棺材，更无时间做法事，因为死的人实在太多了。一开始尸体还穿着衣服，被一件毛毯裹着再扔进洞去，后来衣服和毛毯不够了，就被光着身子扔进去了。因为不管是士兵还是工人，都衣衫褴褛，即使一块布条都显得尤为珍贵。

出殡的时候，人们将死者放在一块木板上抬出去，但是抬尸的同伴也饿得饥肠辘辘，有气无力。工人们身体都很虚弱，以前只用几个人抬尸，现在都得用三倍以上的人才能抬得动。大家并非没有同情心，并非不想悼念死者，只是每天生死犹如家常便饭，悼念之情就逐渐淡薄了。看到人死，心里就想"又死了一个呀"，已经不再悲伤，反而有些冷酷了。无奈这就是彼时彼地的处境，心肠不硬起来自己也会发疯。

"队长，又有人出殡啊？"有心的士兵小声问道。我也苦笑着回答："这哪里能称得上出殡，没那么高级。"望着长长的送殡队伍有气无力地行走在虚无的岛上，不时有人替换着抬尸，我心头涌上无尽的悲哀。

来到这里是为了追求更好的生活，来到这里是为了建功立业，来到这里是为了填饱肚子……没想到最后竟然如此"枉死"异国他乡，我的眼泪扑簌簌地掉下来。"明知河豚不能吃，却偏要吃"，"因为饿得无法忍受""因为这是人的本能"，就是一群这样的人，让人无法憎恨，让人从心底同情。我痛恨万恶的官僚体制，明知道这些工人是由于营养不良而饿死，却宣传说是因为营养失调而病死。因为如果说出"饿死"，那对皇军来说是莫大的耻辱。

我不知道该如何形容那些工人的死，如果将那些士兵之死称作"为国捐躯"的话，那么我只能把这些工人的死称作"无辜枉死"。最初我的部下有两百人，后来只剩下一百四五十人，总之死亡就像家常便饭。而在塞班岛失守之后，那些高级将官其实心里已经很清楚战局的走向，他们每天想的应该就是早点回国与老婆孩子团聚吧，远在特鲁克岛的军人和民夫，早就被他们忘到九霄云外去了。

陆军和海军共同参与的战地俳句诗会

自从发生手榴弹试验事故以来，我一直没有心情创作俳句，但是当我那天听到矢野中佐在塞班岛丧命的消息之后，突然想起了他对我说过的话："金子君，你看现在战况恶化，特鲁克岛陷入孤立，粮食供应短缺，敌机不时前来骚扰，大家心情都很低落，你会创作俳句，所以由你负责组织一次俳句诗会，给大家提提神吧。"

矢野财务中佐本来应该是拿笔的，却硬被塞给了枪，最后将性命丢在战场，真是死得冤枉。当我想到他的时候，就觉得自己应该继承"诗人的诗魂"，继续文学创作。

矢野中佐看事长远，有先见之明，他预料到特鲁克岛不久将会陷入缺粮少吃的困境，于是他建议部队从夏岛迁至秋岛，以求自力更生，发展生产。在部队迁移到秋岛之前，有三个月左右，我们每个月都在夏岛举办两次俳句会。

战后在电视台工作的广播作家、当时写散文诗的西泽实先生曾作为陆军装甲部队的少尉，而在特鲁克岛上待过。前面已经讲过，我是甲板士官，负责岛上的警备工作，经常在岛上巡逻。有一天走到后山看到一座陆军的小屋，一个队长模样的人出现在我面前。我正在想这个人我好像在哪里见过时，突然听到对方喊我"金子中尉"，这个人就是西泽实少尉。西泽少尉毕业于中央大学法学系，曾应聘到 NHK（日本广播协会）电视台当专栏作家，后来陆军征兵，被分配到装甲部队。当载有坦克的登陆艇被美军潜艇击沉之后，死里逃生的他来到岛上，因为与部队失去联系，无所事事，就盖了一间小屋，带领生还的队员在岛上种红薯。

西泽实中尉说："听说金子中尉创作俳句，而我是写诗的，请读一下我写的诗吧。"我笑着说"好啊"，便接过本子读了起来。诗的标题是"守护椰子的人们"，内容描写卡纳卡族人的生活，写得非常优美。过了一会儿他又对我说道："我觉得你肯定也爱好文学，所以就跟你打招呼了。"听他这么一说，我突然想起了矢野中佐曾经对我说过："组织俳句诗会的时候，如果跟西泽少尉商量，他或许能帮你把陆军的一帮人拉过来。"所以当我提出举办俳句会的时候，他马上就答应道："这个主意不错，我可以帮忙。"紧接着他又说："那就晚上在我的小屋举办吧。"晚上美军不会前来骚扰，举办俳句会时可以点灯。从此每个月两次的俳句会就固定在西泽少尉的小屋举办。

西泽先生人缘非常好，入伍之后由于遭遇不公正的待遇，陆军师团司令部很多人都为他打抱不平。故而在西泽少尉的鼓动下，他的同僚有四五人参加，级别最高的是少佐。就这样，由陆军与海军共同参与的俳句会正式启动了。不久，大家觉得这个学习会很有意思，于是就各自把要好的朋友带来，一下子聚集了好多人。人最多的时候，陆军将校有四五人，海军工程队的工人大约十几人。一开始大家还担心军官（将校）和工友是否能合得来，后来西泽少尉一句"都是同样的人，没那么多事儿"，让大家完全融入到一起。

工友们作俳句不拘小节，军官们也不介意。单从内容上讲，因为工友们生活经验丰富，作出的俳句言之有物，十分精彩。让人吃惊的是，工友们在点评士官的俳句时毫不客气，写得好就是好，不好就是不好。一位工友毫不客气地点评道："这句写得根本不行嘛。"于是那位被点评的陆军军官就说："那好吧，我再修改一下。"这时候大家完全没有等级的隔阂感。

每个人的智慧都不尽相同，在这里可以听到不同的用词，让人备感新鲜。在这里没有陆军、海军与工人的等级之分，屋子中充满了自由包容的学习气氛，即使是无季（没有季语，即没有表现季节的词语）俳句大家也毫不在意了。

我至今仍记得当时创作的一首颇为得意的俳句：

空襲よく尖った鉛筆が一本

敌机高空旋。
铅笔尖尖行纸面，
战地诗会欢。

战地咖喱宴

每次俳句点评会结束时，后勤部主任就已经用海军储备的咖喱粉，为大家煮好一锅用红薯、南洋菠菜做的咖喱粥。虽然粥里食材不多，但大家都吃得津津有味。

塞班岛和天宁岛相继失守之后，特鲁克岛上的粮食补给彻底失去希望。被美军战机炸毁的大米虽然味道由清香开始变得难闻，但勉强还可以入口。由于我们的咖喱口碑不错，所以一些陆军士兵为了蹭饭也来参加俳句会。战后我跟西泽先生见面提到此事时，他"嘿嘿"一笑说："那时陆军大部分人都是冲着吃咖喱饭去的。"现在想想的确如此，如果没有咖喱饭，说不定陆军那些人也不会来。

俳句会一般都在晚上举办，大家都等着天黑，然后点灯。学习时间为两到三个小时，每人准备发表两首。一开始是即兴创作，后来变成事先写好交给后勤主任，抄在一页纸上供大家选句、点评，然后公布作者。参加俳句会的人脾气、性格各不相同，有的人是冲着咖喱饭来的，有的不喜欢跟士官在一起，但总体上来说气氛还算融洽。

陆军与海军关系不好是公开的秘密，所以事后有人惊奇地说："真没想到这里陆军和海军的人竟然相处得这么融洽。"战后我在杂志《文艺春秋》上发表文章讲述这些插曲的时候，读者反响很大，都觉得在战场上陆军与海军一起举办俳句会简直不可思议。

那时参加俳句会的人偶尔还会带来清酒"月桂冠"，这点无论是陆地部队还是舰艇部队都一样。咖喱饭到处都能吃到，"月桂冠"却是最后突击时为鼓舞士气而准备的。平时在岛上大家喝的是椰子酒，虽然味道跟水一样寡淡，但喝多了还是会醉人。工人里面有很多非常聪明能干，竟能够用椰子酿出酒来。这些人是宝贵的人才，享受的待遇也不错。工人中喜欢喝酒的人不少，有时候一些人聚集到山洞里偷着喝酒，比酒量。因为总有人喝醉，所以马上就会被上司知道，然后被抓去说教一番。酒精可以消除恐惧感，但白天美军 F4F 战机随时会飞来，所以白天无法喝酒。不过其中总会有些人我行我素，不守纪律，白天也喝酒，也许他们真的是为了驱除恐惧感和平复心情吧。

俳句会持续办了大约三个月，后来因为粮食短缺而被迫中断，部队被分散到周边的岛上开荒种粮。我率领着二百人左右的工人和事务员来到秋岛。正如前文所说，本来种植了可以一年收获三季的冲绳 100 号红薯，用来自给自足，可是没想到由于"夜盗虫"的作害，希望落空了。不久缺粮问题越来越严重，不断有人饿死。

俳句是我的身份标志，可我最近才发现，开荒种粮、忍饥挨饿那段时间我竟然没有写一首俳句，由此可见，人在窘迫的环境中，无法产生诗情与灵感吧。

活着就有责任将这种"悔恨"告诉后人

不久日本战败，广播里传来了天皇的玉音讲话。那天的情景历历在目，全体将士聚集在一起，通过收音机收听天皇讲话。当时我头脑很清醒，心里想着"果然不出所料"，此时脑中浮现出的两首俳句是：

椰子の丘朝焼けしるき日々なりき

椰子满山坡。
身披朝霞树丛过，
日日塑自我。

海に青雲生き死に言わず生きんとのみ

战火连苍穹,
不言生死只愿生。
大海葬青云。

虽然经历了一些并不希望经历的事情,但毕竟能够活着回来就已经十分幸运,因此我有责任将这些"悔恨"告诉后人。1955 年（昭和三十年）,即回国后的第九个年头,我出版了第一本俳句集《少年》,上面的两首就收录其中。

第三章

战俘生活大转变，
从地狱到天堂

这是一场注定失败的战争

我在开荒种粮的秋岛上听到了日本战败的消息。虽然特鲁克岛地处偏远的南方，但战争的走向，大家有目共睹，心照不宣。这时，突然收到密码无线电下达的命令："立刻重整岛上舰船攻击机基地，以备特攻机起降。"我心想事到如今还折腾什么！但命令毕竟是命令，我只好召集工人去执行。

不过我们的行动马上被美军察觉，F4F战斗机和轰炸机在头上不停地飞来飞去。或许是因为美军破解了无线电密码，了解了我方的目的；也或许是因为日军行动突然紧张起来，蒸汽船在各岛之间不停地穿梭，暴露了行动计划。

转眼之间，枫岛周边又变成了"最前线"。即使夜里也会看到美军轰炸时的冲天火焰，听到日军机关枪反击的"嗒嗒"声。身处其境犹如地狱一般，不，简直就是一幅人间地狱画卷。

我乘坐蒸汽船指挥工友运送物资，几次差点送了命。炮弹不断擦着耳边飞过，不可思议的是当时并不觉得害怕，心想："啊！也许这就是生死边缘。"

最后跑道被美军炸毁，飞机损坏，特攻机还没来得及起飞，战斗就已结束了。

其实在收听天皇讲话之前，就听说美军对广岛和长崎投下了原子弹，冲绳战中县民和师团的下场以及菲律宾战场的惨状也有所耳闻。驻扎秋岛的警备队，能接收到舰队司令部的无线电台，所以将佐级别的军官能够及时获得这些消息。

记得当时陆海军各部队的将佐都集中在秋岛的广场，全体笔直站立，一动不动地收听天皇讲话，但是有很多杂音，内容听得不是很清楚。听到战败的消息时，海军没有一人流泪，而陆军的将佐几乎都哭得很伤心。那时我就想原来海军与陆军竟然有这么大的差别。

海军的高级将领从海军大学毕业之后，就乘着军舰周游世界，所以具备国际视野。他们早知道英美无论是物力还是人力都比日本占优势，日本不可能打败英美。因此山本五十六司令官才会策划突袭珍珠港，因为他很清楚，正面作战日军很难取胜。特别是中途岛海战之后，日本的败象已经显现。战败的传闻早在海军中流传，已经是公开的秘密。只有陆军高层将其视为机密，就跟喜欢说悄悄话的邻家大婶一样，除了最高层之外，一般将士无法听到。因此当陆军的那些将佐听到天皇的讲话之后，才会受到打击而耸肩抽泣。这就是周游世界的海军与隔居岛屿的陆军最大的差别。

当我听到天皇玉音讲话时，心情异常平静，一是因为看着战局就可以预判战争的走势；二是因为在此之前，我收听过澳大利亚悉尼广播，早已知道。我的部下第三分队长菅原，是名技术兵，他有一台收音机，能收听悉尼广播。

早在战败之前，他就悄悄告诉我："队长，这场战争我们打不赢。""哎，你怎么知道？我怎么没有这种感觉呢？我军在枫岛的抵抗不是很顽强吗？"我回答道。

"哎呀，真的不行，悉尼广播说东京已经被烧成一片废墟了。"

"那具体情况到底怎么样啊？"我继续问道。于是他就绘声绘色、惟妙惟肖地为我讲解起来：

> 这里是悉尼广播电台。昨日的东京还是高楼林立，身着五颜六色和服的女人在大街上行走，而如今被盟军轰炸得已是满目疮痍，女人的和服也换成劳动服……

菅原是技术兵，身边有很多收音机部件，说不定他连日本接受波茨坦公告的消息也早已知道了。

悉尼广播电台是面向在南部作战的日军进行厌战宣传的广播，包括特鲁克岛、瓜达尔卡纳尔岛、新几内亚岛、拉包尔港等日军占领地区。

不知是幸运还是不幸，真正能听到悉尼广播的只是极少数人，像菅原这样有收音机的人毕竟不多，所以仍有一些不知天高地厚的家伙在做白日梦，盼望打赢仗之后竟选悉尼市长呢。我在内心早已清楚败局已定："要来的终归要来，被美军俘获的话，至少不用愁吃，也不用担心同伴被饿死了。"

陆军的《战阵训》中明确规定："绝不允许被生擒受辱。"而海军没有这种规定，士兵也没有这种想法，也不能说没有，但至少我周围的人似乎不这么想，所以我多次强调环游世界的海军的眼界就是不一样。

浴火重生，烧毁珍藏的日记

收听完天皇的玉音广播，我回到小屋，心想"一切都结束了"，于是我把此前写的日记扔进火里全部烧掉。其实当时根本没有必要那么做，但因年轻气盛，盼望着浴火重生，如今回想起来确实有点可惜。不过从结果上来讲也许并不可惜，因为不管怎么说我也是士官级别，最后在撤退回国的船上，美军检查得特别严格，如果我还保存着那本日记的话，说不定会被定为 B 级或 C 级战犯呢。

日记烧掉了，可脑中的俳句没有烧掉，为了在接受检查时顺利过关，我把作好的俳句写在雁皮纸上，塞进美军发给的香皂里带回日本，心想："这可是见证者。"不过后来不知丢哪儿去了。战况吃紧的日子里，根本没心思写俳句，被俘之后却写了不少，俳句俨然已经成为我生命的一部分。

回国之后，在《朝日新闻》担任短歌评选人的岛田修二先生曾经问："金子君，在战场的时候，你写没写日记？""写是写了，不过都烧了。"我回答说。"怎么能那么做呢？"岛田先生露出遗憾的表情。接着他半开玩笑地说道："即使每天记录赤道边上的天气，也是一部优秀小说。你把它带回国，再添加一些战败后的记述和一些自己的事情，说不定你就变成大文豪了。"也许我也那么想过，只不过事与愿违罢了，烧掉那些日记的确可惜，有时想起来也有点后悔。

战俘营地，天堂般的生活

8月15日战争结束，9月美军登上特鲁克岛。岛上来了两支部队，一支是海军陆战队，一支是海军工兵队。工兵队一来马上就重修跑道、安装通信设备并设立医院，我们也被拉去帮忙干活儿。

当时美军对战俘有两种待遇：一种是24小时接受美军监管，不能自由行动；另一种是白天在美军监督下干活儿，晚上到第二天早上可以自由行动，不受美军监管。我们部队属于后者。

工人真是一种很现实的人群，晚上摆脱美军监管之后开始赌博起来。不久赌博圈便出了个英雄人物，一位名叫岛内、白肤色的肌肉男擅长一种"巴加拉纸牌"，顿时吸引了不少同伴加入。

"金子大尉，我们也去瞧瞧吧。"我也被同伴拉去观战。周围很安静，参赛者集中注意力盯着对方手里的牌，不知是真能看得透还是凭直觉，总之注意力非常集中，大家赌的东西主要是香烟。

我们在战俘营的生活能够做到自主管理，粮食主要靠美军发放。跟军人、军属时的生活相比，简直天壤之别，至今还记得一种叫COW'S TONGUE的牛舌罐头特别好吃。早餐还有燕麦片、面包、火腿等，总之食物很丰富，还有足量供应的香烟。战败前一年，从夏岛迁到秋岛的时候，我便彻底没烟抽了。

当时我也是一名烟民，通过抽烟来填补饥饿感，对每一支烟都十分珍惜，经常抽到快烧到手指才扔掉。前面也提到过，在秋岛的时候曾经尝试种植红薯，其实同时试种的还有烟草，结果是红薯失败了，而烟草却基本成功了。把烟草叶摘下来用火烤，等颜色变黄之后捣成粉末，然后用晒干的香蕉叶代替纸卷起来就可以抽了。

本来已经习惯了抽这种自制的旱烟，当美军分给大家骆驼牌香烟和好彩牌香烟时还是高兴得几乎跳了起来。特别是好彩牌香烟的标志与日本国旗相似，故备受工人欢迎，他们就只抽这个牌子，反而骆驼牌香烟剩了很多，就都被我抽了。

在战俘营，我的任务是带领二三十人到一个指定的地方，监督他们干活儿。每天站着无所事事，于是每次就在衣服口袋里装三四盒香烟，每盒二十支，然后一根接一根不停地抽。

工人们每天沉迷于赌博，而我每天沉迷于香烟，生活一天天好起来，大家也逐渐恢复了精神。总的来说，美军对我还不错。退役之后跟曾经被苏军俘虏到西伯利亚的战友聊天时，对他们曾经受到的非人待遇感到不平，同时觉得自己报名去南方前线的决策还是正确的。

有一次，正在监督工人们干活，突然看到一辆吉普车从对面开过来。特鲁克岛上的美军司令官（准将）每天来这儿检查两三次，看到我在抽烟就说："金子海军大尉挺喜欢抽卷烟啊，而我喜欢用烟斗。"然后伸过手来，跟我握了握，并把一份双面甜饼作为礼物送给我，那时真觉得很好吃。平常美军不会给战俘发放甜品与糕点，所以吃到这种甜饼后，感觉被香烟熏得麻木的喉咙一下子得到滋润。顺便提一下英语中海军大尉是"Lieutenant"（中文通常译作"海军上尉"——编者），而陆军大尉叫"Captain"（中文通常译作"陆军上尉"——编者）。从此以后，那位美军准将经常带甜饼过来，跟我说我们是朋友。通过这些小事我再次意识到我们绝对打不过美军。

单身者留在岛上

做了美军的战俘之后，我反而安心许多。首先能确保战友及工友已无性命之忧，其次不用再发愁吃饭问题，因此我有了一种前所未有的放松感。不过工作的责任仍不轻松，我每天必须考虑向美军指定的工地派送几名工人。美军让我在战俘中挑选干活儿工人的时候，我尽量挑选了一些单身汉，其中有工业学校毕业的，也有商业学校毕业的，大部分都不到二十岁。当时我二十七岁，相对年龄比较大，因此说话大家也爱听。我说反正我是单身，可以留下来。当我选择留下时，好多人也就跟着留下来。他们心里清楚，即使回国也不一定能找到工作，故而当时问他们愿不愿意留下工作时，大家异口同声说愿意。

相反，国内有妻儿老小的那些工人尽量让他们先回国，这在岛上已成共识。另外，因为他们不是军人比较自由，只要跟舰队报名就可以乘坐复员船回去。当时有两个舰队参谋作为跟美军沟通的联络员留了下来，除了他俩之外，在留下的人中，就数我最年长了。

这块精工表，你想要就送给你

在我们的工兵队中，平民占多数，大多是年轻人，因为发放的粮食很充足，战俘们过得非常愉快。只是由于火腿吃得太多而撑死的也大有人在，也许是在此之前饿怕了的缘故。而美军士兵也个个性格开朗，充满活力，既懂得自制，又心地善良。当然想跟美军士兵和睦相处有时还需要开动脑筋。

某日，一位海军士兵让我过去，说有事跟我商量。"大尉，你腕上戴的是精工表吧？"他问道。精工表当时是世界名表。我发现他想要我这块表，于是就说："你喜欢的话，就送给你了。"他听了之后非常高兴。从此以后，我就看到他每天戴着这块表在工地上走来走去，实在是很可爱。

还有一次跟我要"旗子"。日本士兵几乎每人身上都带着一面小型"日之丸"旗，上面有大家签名。这位海军士兵喜欢这种旗子，正好我也有一面，就说"送给你吧"，没想到他高兴坏了。

再有一次他跟我要"短刀"，美军都知道日本刀不错。我父亲属于旧时代过来的人，在我即将奔赴前线的时候，曾送给我一把短刀，嘱咐我万一遭遇不测就剖腹自杀，所以这把刀对我来说比较珍贵，不过稍微犹豫一下之后还是决定送给他了。他拿着刀，不停地拔出来收回去，高兴得不得了。从此以后他们对我十分信任，凡是有事都会先跟我打招呼。

当然，一开始这些美军肯定还是对我们充满了敌意的，特别是从塞班岛转来的那些海军士兵，他们刚跟日本海军交过手，吃了大亏，他们的战友也一定牺牲了很多。不过可能由于他们是战胜国，所以那种戒备心很快就消失了。

我觉得跟我要精工表的那名士兵肯定也是在试探我的态度，看到我非常大方地送给他，所以才感觉到彼此是朋友吧。虽然日美双方都有翻译，但在一起共同待上三个月的话，不用翻译也能用只言片语相互表达意思吧。

墓碑前的祈祷，决定今后的生活方式

在战俘营的一年零三个月过得如同做梦一般。1946 年（昭和二十一年）秋天，我们在岛上接到了撤退命令，于是留在岛上的工兵队以及工人一起乘坐日本的驱逐舰回国。舰船傍晚从特鲁克岛出发，在关岛停留一晚，前后花了两天半时间到达日本。驱逐舰的舰长是大尉军衔，作为财务主管的我这时也晋升为大尉，和舰长一见如故。我对他说："舰长能不能想办法让船开得快一点啊？"于是他对我"嘿嘿"一笑："好嘞，看我的。"说完他就给浦贺司令部发电报，谎称船上有人得了盲肠炎，不久对方就回复说："速归。"真不愧是驱逐舰，北上行驶速度非常快，转眼就把硫黄岛甩到了身后。在战俘营的那段日子里，我目睹美军士兵个个身强力壮，朝气蓬勃，想到被俘前我的战友和工友却因饥饿交加，变得骨瘦如柴，最后悲惨死去时，眼泪就会止不住地掉下来。

因此我就写下本书开头的俳句：

　　水脈の果て炎天の墓碑を置きて去る

　　洒泪别墓碑，
　　航迹尽处思绪飞。
　　烈日送我归。

这首俳句就是我站在船尾的甲板上，望着渐渐远去的特鲁克岛，想着岛上还掩埋着因饥饿而死去的战友和工友而创作的。赴任之际，我乘坐"二式大艇"，在黑暗中登上海岛。虽然战局吃紧，斗志却很高昂；而在归国之际，我却站在船尾甲板，凝视海岛，心情暗淡，与逝去的同胞告别。

归国那天风和日丽，葬身海岛那些部下的面孔却一直浮现在我眼前，挥之不去。于是在船上我确定了今后生活的目标，心里涌上一种前所未有的满足感："回到日本之后，我将在俳句的世界里努力探索，并将逝者没能活完的生命延续下去。"

回到故乡秩父

回到日本那天，首先到达浦贺港，在那儿领到一些日用品并休整了三天，然后回到东京。我记得当时一位叫北川的工友对我说："队长，今晚住我家吧。"本来不好意思打扰人家，北川君却说："我爷爷对特鲁克岛上的生活很感兴趣，你来给他讲一讲吧。"我想既然如此那就去吧。

北川君的家位于日本桥附近，家里做批发纺织品生意。去了一看，发现他爷爷果然是个很有趣的人，性格很开朗，一家人对我都很热情。在他家住了一晚，第二天赶到上野站一打听，才知道只有货车车厢。正好那天我家乡秩父有传统节日，所以好多人都乘货车车厢前去观看。心想算了，忍耐一下吧，于是便站在货车车厢里，"哐当哐当"地摇晃着回到秩父老家。

第四章

『日银』

——临时栖身之所与谋生工具

今后怎么办

战争结束了，性命保住了……平安归来，的确值得庆幸，但今后该怎么办？对此我无法马上找到答案。

从身份上来说，我仍然是日本银行的职工。东大毕业后，虽然只在这里工作过三天，却也领到过临时退职补助金。另外公司也承诺过只要平安归来，可以随时复职。

因此只要我想回去，随时可以上班，但我就是提不起兴致来。我叔叔在"日银"工作，职位不高，他一看到我就说："兜太，你可绝对不能再回'日银'上班！"听他的语气，"日银"的官僚体制似乎并未有所改变。

战争结束后，整个日本百废待兴，只有我的家乡秩父平安无事，但也觉得跟战前不大一样。就我本身而言，一方面对于在新生的社会中如何生存感到困惑；另一方面到了夜里，总会想起那些在战争中"枉死"的战友，久久无法入睡。离开特鲁克岛的时候，我曾经站在他们墓碑前发誓："我一定好好活下去，绝不让你们死得毫无意义。"如今我却身处暗夜，摸索着往前走。

很长一段时间，我一直待在家里无所事事，周围的人实在

"日银"复职时的照片

看不下去了便对我说："你赶紧回'日银'上班去吧。"我也开始觉得有点不好意思，于是决定为了建设新公司，返回老巢去干活。

刚刚复职第一天，就被"日银"的现实吓倒了。本以为"日银"遭受战争，体无完肤，旧体制趁机应该有所改变，可是一切如旧，没有丝毫变化。

真正到过战场的人，才会了解日本的社会体制是多么地不健全和落后。最典型的例子就是，同属日本军队的陆军和海军却互相敌视。在跟英美作战之前，陆军和海军就把自家同志作为敌人来看待，甚至有将领公开妄言："道理没错，可那些家伙的话就是不爱听。"不仅如此，那些以天皇为首的金字塔式的统治阶级、以财团利益为优先考量的生产体系、视国民为下等人的官僚意识，以及自私、冷漠、拘泥于小事、地盘意识严重的利益集团都未曾改变，可以说日本的资本主义是"半封建式的资本主义"。本以为战争失败，军队解体，农地得到解放，日本会一步一步脚踏实地向现代化迈进，却没有想到政府核心部门竟然丝毫没有改变的迹象。

"日银"这种肩负国家金融大任的中央银行自然也不例外。银行职工依然一副百无聊赖的面孔，仍旧在又旧又暗的大楼里埋头工作，与其说在工作，不如说在混日子。

这种状况其实也无可厚非，"日银"公司内部本来就是"秩序"重重。最典型的是学阀制度，东大、京大等名牌大学毕业生晋升快、工资高。如果不是东大或京大毕业，任凭你再优秀、再努力也不可能得到提拔。而东大的还必须是法学系或经济系毕业，否则也没晋升机会，差别就是这么明显。

这也可以理解，因为全国就一家日本银行，所以天下英才包括私立大学、公办高校、商业学校的毕业生都聚集在这里。因为他们不是东大、京大毕业，所以除了少数人最终可以做到股长外，绝大多数人直到退休都还是普通员工，这在"日银"毫无道理可言。工资也按职务上涨，刚工作的学阀毕业生，马上就会由书记员晋升为主事，然后晋升到副参事、参事，工资也随着一起晋级。而无法晋升的职工，工资也不涨。即使战后通货膨胀那么严重，银行也不给没晋升的职工涨工资，因此员工的生活并不轻松，午饭时都坐在各自的座位上，默默吃着自制的廉价盒饭。通货膨胀严重，"日银"却不给员工涨工资的理由是："'日银'是国家公共金融机构，涨工资会加速通货膨胀。"战后初期抑制通货膨胀的决策没错，但"日银"是主管国家金融政策的机构，拿给职工涨不涨工资来说事就有些荒谬。

虽然我也属于学阀，也享受公司优待，如果老老实实工作，自然而然就可以按级晋升。但是面对这些不公平的规定，一种抱打不平的怒火涌上心头，我气愤地大声喊道："公司规定太不公平，员工凭什么这样拼命工作。那么多战友枉死战场，那么多年轻的生命无辜丧命，难道是为了维护这种混账的封建体制吗？"于是我主张发起成立"日银"工会，要求公司"废除学阀制度"，"废除身份制度"，"确保职工生活"，结果被大家推选为工会代表，我也一头扎进工会运动。不久又组织成立了工会事务局，我被推选为第一任事务局长。

当时觉得新宪法，特别是宪法第九条作为战后的宝贵财产被大家接受还是值得肯定的，但各大企业仍没有丝毫改变。当我们向公司人事部提交"废除学阀制度"的倡议书时，人事部却不痛不痒答复说，"改革需要循序渐进，激进的做法只会招致反弹"。这种答复令人失望，大企业没改变，官僚体制也没改变，"日银"也不会改变，既然如此我也只好奋力一搏了。

为了母亲，选报大学经济系

前面讲过，我选择读大学经济系是为了弄明白日本的"封建家族制"。小时候我目睹了母亲的悲惨遭遇，对故乡秩父那种家族制度背后隐藏的日本社会结构感到难以理解，后来才逐渐明白它与现在的官僚机构、日本银行中存在的等级制度密切

和母亲在姥姥家的庭院里

相关。

多年之后，为了纪念母亲我作了这样一首俳句：

長寿の母うんこのようにわれを産みぬ

长寿慈母悍，
生我如大便。

我觉得母亲很伟大，前面也讲过母亲十六七岁就生了我，二十四岁才跟父亲结婚。开诊所的父亲跟自己的父母、妹妹生活在一起。其中我的奶奶和姑姑皆非良善之辈，总是想方设法找碴欺负我母亲。母亲的温顺善良、忍气吞声，更加助长了恶人的气焰。目睹她们的恶行，我感到非常气愤。我虽然年纪小，也感觉自己每天如同生活在刀刃上一般。母亲娘家已经败落，她想回也回不去了，虽然在外人面前她从不流泪，但我知道她一直过得非常辛苦。

只看日本的社会制度，是无法理解日本的家族制度的，因为它与经济结构密切相关，因此为了弄明白这种家族制度的根源，我才选择读东大经济系。其实当时也可以选择读法律，但是要弄明白农村社会结构还是必须学经济，当然家族制度至今仍然是我直面的最大课题。战后形成的小家庭（只有父母和子女）是对战前那种大家族的挑战。我是看着奶奶和姑姑欺负我母亲长大的，所以坚决反对大家族。战后大家族制度消失了，按理说是件好事，另一方面极端的个人主义又破坏了家庭好的一面，这就成了大问题。

家乡的诊所是父亲开设的，母亲内心非常希望我能子承父业，然而我从小就不看好乡村贫穷的职业医生。看着父亲骑着自行车翻山越岭，日夜兼程，就很反感，而正是这样的父亲却是全家的支柱。那时整个乡村都很贫穷，只有年终才能看到几个现钱，平时前来就诊的乡亲就送来自家种植的蔬菜、水果、玉米以及荒川河里捕的鲇鱼、山上打的野鸡等充作医药费，我家院子里种的三棵花梨树、摆放的一块大石头，就是乡亲们送来充作医疗费的物件。母亲一共生了六个孩子，随着米价等物价上涨，家里入不敷出，母亲经常会唉声叹气，有时她会跟父亲商量如何解决生计问题。

记得我刚读东大经济系的那年暑假，一回到乡下母亲就在院子唠叨说："如果你能当医生的话，我就不用这么辛苦了。你爸年纪大了，你又是长子，你不继承家业谁来继承啊？"也许母亲打心底认为我当医生肯定比父亲干得好。

　　父亲兴趣广泛，"秩父民谣"发展成现在的形式也是父亲的功劳。在此之前，"秩父民谣"一直被称为"秩父盂兰盆舞""秩父丰年舞"，那时无论舞蹈形式还是歌词内容都很低俗。1930年（昭和五年），为纪念明治神宫迁宫十周年，政府规定每县必须"敬奉一首民谣"。当时的埼玉县知事奉命下乡采访，后来找到我父亲商量将"秩父民谣"敬奉。于是父亲负责改歌词，祖父负责编舞蹈，使"秩父民谣"面目一新。

　　从此父亲兴趣大变，不再热心于医疗事业，整天带领着"秩父民谣"爱好者，活跃在全国各地。无论是北海道还是九州，只要有人邀请都会前往表演，典型的"不务正业"。因此母亲看了父亲的那副德性，觉得指望不上，才想把希望寄托在我身上吧。从此以后母亲就一直叫我"与太"（废物）。

　　母亲身体很结实，体形矮胖，生性乐观，无论是长相还是体形抑或性格，我都遗传了母亲那一半，经常有人说我长得像母亲。母亲高寿，活了一百零四岁，临终前我去病房探望母亲时，她一看到就说："与太一来我就安心了。"然后不久便去世了。母亲生性洒脱，不拖泥带水。记得出征那天早上，我说我走了，母亲只是淡淡地回应说："去吧。"就像每次送家人出门散步一样淡然，从不多说半句话。离开村子时，在神社前接受神官加护，乡亲们高喊"金子君万岁"时，母亲也没有露面，这种超然的性格让人觉得不可思议。

战争结束平安归来，我一进门就说："我回来了。"即便这种时候，母亲也没有掉泪。也许是在岛上因饥饿而瘦掉的那部分体重在战俘营生活的那段时间又弥补回来的缘故，母亲一看到我就说："哎哟，你回来了，好像也没有瘦多少嘛。"不过我想母亲每次听到作战的消息，心情也一定很复杂，而看到我能从特鲁克岛平安归来，心里一定很高兴，只不过不愿意表露罢了。她只是跟平时一样对我说："你一定肚子饿了吧，我去帮你烧饭。"其实当我回到家里，看到母亲的时候，也没有特别兴奋，只是很平常地喊了一声"我回来了"。在别人看来，这么长时间不能互通音信，日夜为对方的平安担心，见面时一定热泪盈眶，抱头痛哭，但我们母子没有。母亲就是这样一个人，她平凡而伟大，我十分感谢我的母亲。

被贴红色标签，流放福岛支行

回到"日银"后，我被分配到一楼外汇兑换窗口，负责将海外归侨和海外作战军人带回来的外币兑换成日元，主要包括美元、亚洲各国货币以及从中国东北撤回时携带的中国钱币。说是归侨，其实都是一些在战争中死里逃生、撤退回国的人员，并没有多少人带回外币。兑换窗口除了我之外，还有一位上了年纪的主管、一位跟我同期进入公司的男同事和一名年轻的女同事。每天前来兑换的人数极少，所以没什么业务。同期的男同事似乎正在跟那名女同事谈恋爱，我就想让他在女同事面前好好表现，多干一点。整个"日银"公司就像一潭死水，我所在的部门更加没有生气。

我在"日银"前后工作了二十七年，参加工会组织也就刚开始几年，后来就离开了。众所周知，1950年（昭和二十五年）工会运动被贴上红色标签而遭到镇压。当时左翼运动高涨，社会上弥漫着一种跟战前一样的反政府氛围，于是GHQ（联军总司令部）下达命令，彻底清除赤色分子（社会主义者、共产主义者）。我绝对不属于"赤色分子"，但也受到波及（因为曾加入工会组织），被下放到福岛支行，其实这背后隐藏着一种对我虽身为学阀却热心于工会运动的打击报复。事实上，有人曾善意地劝告我："金子君，如果你再执迷不悟，会断送你的前程。"也有人教我处世技巧："组织工会运动应该注意方式，不要跟'日银'高层硬着来。"

我把人家的善意当作耳旁风，继续跟公司上层对着干，最终打破了传统惯例。其实在此之前"日银"内部也有所谓的"工会"，美其名曰"职工传达机构"，具体负责向职工传达高层的意见，是典型的"御用工会"。在我的努力下"职工传达机构"不能说不再是"御用工会"，但至少被打了一针强心剂。虽然后来只发过一次全额奖，但也显示工会运动取得了初步成功，并为今后职工与公司签订"劳动合同"，改善工作环境奠定了基础。这件事情过后，人事部门的态度变得非常紧张，即使我在走廊跟同事开玩笑，也会发现旁边有人事部的"间谍"监视。公司对我的个人评价也降到最低，直到退休也没能改变。之后十几年，我分别被发配到福岛支行、神户支行和长崎支行，回到东京时也到了该退休的年纪。

决定在俳句世界生存

或许因为我那时比较年轻，想法的确有些极端，对看不惯的事情就是看不惯，绝不屈服。就连工会中的一些人也背后议论我说："那家伙东大毕业却不想当学阀，脑袋是不是进水了？"因此在被发配到福岛支行的时候，我就趁机脱离了工会。

就是在这个时候，我突然想起了久违的俳句世界。我从小就喜欢俳句，高中时期受出泽珊太郎学长的影响，曾经协助老师们一起组织过俳句会。创作俳句的想法虽好，但我不是文武双全的天才，工作和俳句无法平衡兼顾。对我而言俳句是主业，工作是副业，其实从一开始我就没有把工作和俳句都做好的想法。

那时我刚结婚，第二年儿子也出生了。按理说我应当以银行的工作为重，但是我没有那样做。然而又不能让一家三口露宿街头，因此还是决定把"日银"的工作当作"谋生的手段"，而真正的工作是俳句创作。

从那以后我丝毫不再考虑晋升和加薪的事情，也不必低下不想低的头，工作量与自己的薪水相称即可，尽量做到不给公司添麻烦，剩余的时间就都用在俳句创作上。

きよお—と喚いてこの汽車はゆく新緑の夜中

列车一声"吼"，
新绿夜中万物抖。
峥嵘岁月稠。

这首俳句表现了我被发配到福岛支行，离开东京时的心情。乘着摇摇晃晃的列车，奔赴陌生的工作环境，夜已渐深却不觉困意，火车的鸣笛声似乎要撕裂四周的夜幕，让自己的心绪变得高昂。

决定前往福岛就任时曾想，我不需要任何人理解，不过很快发现还是有人关心我，他就是后来到福岛担任支店长（分行行长）的镰田正美先生。他曾站在我的立场鼓励我说："金子君，你还年轻，最好能忘记工会的事儿，专心做好银行的本职工作。"虽然我非常感谢镰田先生的好意，不过那时我已经决定把"日银"当作谋生的工具了。

再后来我又被分别派往长崎、神户工作。记得刚到神户赴任时，镰田先生特意抽空前来看望我，跟我促膝谈心，渐渐地我们的关系不再是上级与部下，而是老师与学生，或者说是最为亲密的学长和学弟的关系了。

因为有镰田先生的关照，我可以随心所欲。现在回想起来，假如我没有埋头于俳句创作，只是致力于"日银"本职工作的话，说不定生活会更加自在。

致力于前卫俳句

经历了福岛和长崎的流放生活之后，按理说我可以回东京本部工作了。可是接下来我又被调到神户分行，据说是因为高层认为还不愿让我回来，不过这个决定反而成全了我。当时神户已经掀起了否定传统（风花雪月）的俳句，提倡创作以现实为

金子夫妇与儿子（神户工作时期）

题材的"前卫俳句"运动，而这种想法正好跟我一直追求的俳句世界不谋而合。

我想这是一个好机会，可以在这里磨炼我的俳句，因此我决定通过俳句来透视社会现实、审视自我。在神户工作的第二年，我出版了第一本俳句集《少年》，没想到这本俳句集受到读者好评，最后获得了现代俳句协会奖。从此以后我渐渐对自己的俳句创作有了信心，再次决定"我要赌上自己的一生创作俳句"。

　　　　朝はじまる海へ突込む鷗の死

　　　　晨光无限美。
　　　　海鸥撞海魂魄飞，
　　　　惹我男儿泪。

这首俳句是我到神户工作的第三年，决定将俳句作为一生的事业时创作的。清晨漫步于神户港口，目睹海鸥为捕鱼而一头冲进大海的勇猛情景，不禁联想到特鲁克岛上，被敌军击落后坠入大海的零式战斗机的身影。

记得当时在海边我自己鼓励自己：当今世道并不太平，凡事不能尽如人意。如果没有自制能力，很容易迷失前进的方向。现在开始准备进入战斗，即使在银行内已经"死"了，但一定要"活"在俳句的世界。

神户是大都会，在这里不同的价值观能够相互包容。老实说，我能够被调到神户工作也多亏了镰田先生。我在神户工作了三年之后，镰田先生已经晋升为"日银"的人事部长，他前来神户看望我也是晋升之后没多久的事。

镰田先生活到九十多岁才去世。我每年都会让家人给镰田先生邮寄新茶，前几天先生的夫人还打来电话向我致谢说："真不好意思，每年都麻烦你寄送新茶来，实在对不起。"夫人礼节非常周到，如今我们两家关系也非常好。

现在稍微介绍一下镰田先生，好多年前镰田先生在日本爱媛县松山市当分行行长，当时他的夫人还是艺伎，两人一见钟情，喜结连理，令人非常感动，我不由感叹：真不愧是"自由人"啊。前几天镰田夫人告诉我说："我先生生前经常讲，兜太君不适合在'日银'这种迂腐的地方工作，本来以为他会中途辞职，没想到他竟然能坚持到退休，这正是他的长处。"听了夫人的那番话，我更加感谢镰田先生的垂爱。

在"日银"工作期间，有时候我想按照自己的想法去做，可是又有些犹豫不决，也许镰田先生察觉了我内心的矛盾，希望我能够放下心理负担。镰田先生是跟我一样喜欢"直来直去"的人，经常聚在一起说些公司的"坏话"。即便如此，退休前还是晋升到了候补副总裁的位置。回想起来在日本银行工作期间，能够结识这样优秀的人物，是我最大的收获，我对在"日银"时期的生活方式丝毫不感到后悔。

　　顺便提一下，我在"日银"工作期间，换过好几任总裁，从个人好恶来讲，我比较喜欢佐佐木直总裁。他是我的面试官，当时到公司面试时，并排坐着三个人，他负责提问。

　　我记得当时他对我说："听说你会写俳句……"

　　我马上答道："是的。"

　　"那你最近有什么新作？"

　　于是我诵读了下面一首：

　　裏口に線路が見える蚕飼かな

　　　村口旧木屋，
　　　走近始知养蚕户，
　　　后门见铁路。

　　这首俳句表现的是战前秩父的人们靠养蚕维持生计的场景。于是佐佐木先生说道："嗯，不错嘛。只是后门见铁路听起来多少有些'土气'，如果改为'轨道'如何？"

　　那时候我年轻气盛，一听就急了："不行不行，'轨道'是城市人用的，乡下人不使用这个词。"

　　三人听后大声笑起来："不错，你这家伙很特别。"于是我被录取了。那个后门能看见铁路的人家是我亲戚家，房子现在还在那里。

至今每天都坚持立禅，悼念死者

现在我每天早上起床后，都会站立在神龛前，闭目默念逝者的姓名，我为它取名"立禅"。虽说我是无神论者，但是在神龛中供奉着故乡的椋木神社，我夫人的牌位也在其中。

站在神龛前默念逝者的名字，身心会变得非常愉悦。目前

每日不可或缺的立禅功课，
站在书房神龛前闭目默念

我默念的逝者大约有一百三十人，默念的姓名顺序有先后。第一个是老家菩提寺的和尚，接下来是我的俳句恩师加藤秋邨，然后是"日银"的镰田正美先生，第四个是我的俳句入门老师堀彻先生，然后再默念接下来的人，最后默念我的双亲和我的夫人，最近去世者的名字依次加在后面。每天早上都坚持这么做，时间三十分钟，立禅的方法完全自创，就是站直身体，跟坐禅相仿，将双手放在丹田处，闭上眼睛，默念逝者，流程很简单。不可思议的是这时候逝者的面孔就会一个个浮现在眼前，跟这些满面笑容的面孔相会，自己也会变得精神起来，而且立禅之后全天都很清醒。

就这样每天早上起床后通过立禅跟逝者交流，包括那些在特鲁克岛上丧命的战友，虽然现在我能够想起的名字不到十个人，但是他们的音容笑貌和他们临终时的表情都会浮现在我眼前。一想到他们在战场上的那种"枉死"与"无辜"，非自然死去，而是"被虐死"的惨状，就会情不自禁地感到悲哀和愤怒。

走过长崎原子弹爆炸中心

1958 年（昭和三十三年）我从福岛调往长崎分行工作。这时距离美军投下原子弹已经过去了十三年。尽管如此，爆炸中心地带以及周边仍然保持着黑焦的状态，被炸毁的浦上天主教堂和损坏的玛利亚神像还是被炸时的样子。

到长崎工作的通知下来之后，我就一直打算抽时间去看一下被原子弹炸毁的街道现在是什么状况。正在这时，收到了

《短歌研究》杂志的约稿，希望刊登我的俳句。我想正好是个机会，就到长崎市内转一转。

轰炸的中心地带依然张着裂口，"日银"长崎分行的宿舍就坐落在旁边的小山丘上，可以从这里眺望被轰炸的地方。虽说我没有亲眼看到，但据说以前从公司宿舍的院子里挖出过死人骨头。

虽然烧焦的土地渐渐恢复了生机，人们开始重新生活。但十几年前所经历的那种一瞬间"消灭"无数人生命的事实，仍然令人难以接受，"原爆"在人们的心灵上投下了巨大的阴影。

为了行吟（边旅行边创作俳句），我漫步在大街上，脑海里浮现某种画面。从山对面跑过来许多参加马拉松的运动员，就在刚进到中心地带的一瞬间，便被原子弹炸得肢体变形，烧得浑身焦黑、面目全非。于是佝偻的身体、烧焦的房屋、爆炸的街心等画面浮现在眼前，却无法凝结成俳句。左思右想的过程中，大约过了三天时间，有天晚上边翻辞典边思索，突然"弯曲"这个词出现在眼前，就在这一瞬间，我创作了一首俳句：

弯曲し火傷し爆心地のマラソン

原爆地中心，
佝偻煎炙处处逢，
地狱马拉松。

这是一首咏吟幻想的俳句。当时俳坛评价说："这首俳句凸显了金子兜太的前卫性。"从此我被俳坛定性为前卫俳人。

被原子弹炸过的地方还有一处就是广岛。

我还在从事工会活动时，有好几次路过广岛，经常看到广岛站前站着几个女人。有的正值妙龄，有的稍上年纪，她们皆因原子弹轰炸而失去家人，只能靠出卖肉体生存。其中有一位刚步入中年的女人，只露出半边脸，或许是遭遇了原子弹，她有意在遮挡被烧伤的疤痕，奇怪的是我对她印象很深。

霧の車窓を広島馳せ過ぐ女声を挙げ

驶过广岛城，
车窗传来女娇声，
雾中更凄清。

这首俳句就是当时为她创作的，我觉得她很美，万般无奈沦落到卖身为生的境地。当列车驶出站台后，身后响起了女人们的尖叫声。

从内心来讲，跟在长崎创作的那首相比，广岛创作的这首给我的印象更深刻。我想象着那女人遭遇的悲惨经历，曾梦见过她好几次——只露着半边脸，刻意遮住被烧伤的疤痕的那位女子。

发动战争的是男人，而被牺牲的却是女人和孩子。"十五年战争"爆发前，我就有一种直觉，"这个社会正在朝危险的方向前进"。因为当时女人似乎已绝望，又似乎很悲伤，却默默地无人发声。

还在特鲁克岛时，我通过收听无线电得知美军已投下原子弹，但是在我目睹之前真不敢相信广岛和长崎竟然是这样一副惨状，简直超出自己的想象。与其说战栗，不如说日本这个国家遭遇了前所未有的大灾难——我不禁又想起那位女子遮挡住的半边脸——那种冲击简直无法用"真是太可怜"来形容。而在那女人的背后，还有更多有着相同经历的女子。人类犯下的错误，竟然让人类如此痛苦。跟自然灾害不同，本来战争的灾难是可以避免的……

即使在我所在的岛上，也发生过弱者被勒索，然后被杀死的事情。男人的话还可以理解，但是让女人遭受如此痛苦，简直有点过分。这件事一直铭记在心，自那以后我还去过几次广岛，每次都会想起这一幕。因此广岛对我来说是一块悲伤的土地，当然也包括长崎和冲绳。

重启福岛核电站所想

七十年前，广岛和长崎遭受了史无前例的原子弹轰炸，两市市民经历了前所未有的灾难。如今东日本大地震又造成了福岛第一原子能核电站核泄漏事件，悲剧再次上演。广岛和长崎恶魔般的爆炸一瞬间让两座城变成人间地狱，死伤无数；福岛核事故让无数人背井离乡，流离失所。虽然二者起因不同，但性质一样。

我认为这是第二次原子弹"灾难"。尽管如此，政府有关部门竟然满不在乎，他们为了自身利益寻找各种理由重启核电站，谎称没有核电就不能满足电力供应。简直一派胡言，损人利己，良心何在？大家都知道即使没有核电，日常生活也不会不方便，如今百姓没那么容易被骗。

东京电力公司跟我所工作过的日本银行一样，从不为普通百姓着想。福岛第一核电站，如果真为周边百姓着想，肯定早已妥善处理。人命与电力，哪个更重要，完全本末倒置，罪不可赦，电力公司高层辞职也不能解决问题。

为此我写了如下俳句，以表达我的愤懑心情：

魂のごと死のごと福島紅葉して

福岛红叶映漫山，
如魂似魄游人间。

如今七年过去了，核电事故仍未解决，安倍政权又要策划出口武器。他们心里清楚，即使发生核事故也事不关己，即使卖出的武器导致战争，反正不是自己国家也无所谓，自己只要赚钱就好——这种想法简直卑鄙无耻到了极点。面对福岛发生的核电事故，安倍政权吹嘘说都在政府掌控之中，如此谎言令人忍无可忍，这种人没有资格胜任日本领导人。

第五章

为了明天，现在该做的事情

"我是最后的自由人"

我刚从部队复员回国那会儿，在秩父乡下住过一段时间。某天大学时期的两位同窗前来看望我，一位是国文系毕业的堀彻君，后来成为文艺评论家。另一位是濑田贞二君，后来成为日本著名的儿童文学作家，笔名叫余宁金之助。他的诗集和翻译集都被岩波书店等出版社出版。我记不清他们当时来的目的了，好像是因为我从战地平安归来，他们前来祝贺与鼓励。

于是三人结伴前往秩父山中去游玩。位于埼玉县和山梨县交界处的雁坡岭，是古代武州与甲州往返的必经关口。曾经设立的奉行所军营如今变成了旅店，三人就在那里留宿，天南地北地聊了一个晚上。记得那时濑田君曾经说过这么一句话："金子君是自然之子，天性空灵，写出的东西充满灵性，散发着独特的魅力。因此无论创作俳句还是做什么都充满信心。"从此以后濑田君一直叫我"自然之子"，慢慢地自己在潜意识中也接受了这种叫法。后来仔细一想没错，是秩父这片热土哺育了我，我是秩父大自然的儿子。

再后来我把"自然之子"用"自由人"或小林一茶所说

的"荒凡夫"（凡夫俗子）来代替。其实"荒"跟我心中的"自然"意思一样，有点儿不为世间凡俗所动，跳出三界外、不在五行中的意思，即真实自然、随心所欲地活着的男人，这就是我心目中的"荒凡夫"。也许听起来有点啰唆，其实"自然之子""自由人""荒凡夫"，不必区分得那么清楚，就是三者组成一个整体像的感觉。

记得在东京大学读书时，我曾经自诩"自己是最后的自由人"。我开始俳句创作是在旧制水户高中时期，当时跟着学长出泽珊太郎第一次接触俳句会，后来他每次都拉着我参加。在这个过程中，结识了英文教授长谷川朝暮先生和吉田两耳先生两位"自由人"，俳句会每个月轮换着在两位老师家里举办。

水户是以勇猛著称的"水户连队"发源地，也是臭名昭著的军国主义基地，还有国学大师藤田东湖创立的国学中心。由于这里驻扎着"水户连队"，一年四季街上都能看到军人抬头挺胸踏步行走的身影。当时正值"十五年战争"期间，大街上充满紧张气氛。尽管如此，长谷川先生还带着夫人白天到日立海边投石寻乐，晚上回家翻译波斯诗人奥玛·海亚姆的诗《鲁拜集》，有时还为我们朗诵一节。吉田先生也很特别，虽是英文教授，却对汉学名家非常感兴趣，还出版了研究成果。

两位教授经常穿着男式和服在大街上漫步，即使遇到对面军人走过来，也跟没看见一样，既不敬礼也不摘帽。两位先生都作俳句，却不拘礼节，活得真实自然，不卑不亢，我称之为"知的野性"。即使在军靴声逐渐高昂的年代，两位先生也秉持我行我素的风格，实在令人敬佩。目睹他们的生活姿态，我心想这才是真正的"自由人"，既不屈服于权威，也不随波逐流，我认为只有像他们这样的自由人才适合写俳句。因为我希望自己将来也能够成为自由人，于是每天沉迷于俳句创作当中，上了大学之后又说出"我是最后的自由人"这种豪言壮语。

当时正值军国主义横行的年代，言行稍有不妥就会被特高科抓捕。不过也许因我是个不求上进的坏学生，尽管我说自己是"自由人"，也没人把我当回事，更没有人责罚我，也许当局认为"不值得跟这种家伙浪费时间"。我却因此变本加厉，更加忘乎所以，到处吹嘘自己是"自由人"。如今回想起来，都觉得背后发冷，可见当年自己是多么幼稚。

那时我基本不去上课，高三的时候搬出学生宿舍，退出学校柔道部，专心创作俳句。但是没过多久，社会就变得不再是我能随心所欲高喊"我是自由人"的社会了。记得刚到水户念高中时，房东太太看我每天只顾作俳句，不好好念书，就跟一名住在我隔壁、早稻田大学毕业的陆军军官商量说："这个学生不好好上课，每天光写俳句，你好好教育教育他吧。"

这名军官人很正直，在军队口碑也不错，好意劝说过我几次："金子君，现在是非常时期，你别整天不务正业，要好好念书啊！别让你父母担心。"但是年轻人总是越被说教越叛逆，人家好心劝我，我还反而嘲弄人家。最后因为成绩不及格，只好留级一年。从小在秩父老家养成的那种野性，似乎在水户高中时期进一步得到升华，从而将"知的野性"与自我意识融合在一起。如今即便再怎么讨厌自己也无法重新选择了，没准儿自己内心对此还感到十分自豪呢。

"自由人"被泼冷水的事件

接下来被泼冷水是刚读东大的时候。那时好不容易通过努力考上东大，可我还是整天喜欢喝酒和写俳句，过着"吊儿郎当"的日子。我一直希望做个"自由人"，但世间不允许"自由人"的存在。上大学期间，我经常听到"某某被特高科抓走了"的传闻。

有一天我在学校遇到了水户高中的学长。前面也讲到过，他被特高科抓去审讯，双手十指都被拔掉了指甲盖。看到这种情景，吓得我打了个寒战，身体不断发抖，心情突然变得十分低落。从此以后一言一行都会先想到学长的手指，不再像以前那样不管不顾地放声高歌了。

时局越来越坏，战争气氛越来越浓，不管如何想当"自由人"，这时也不敢大声宣讲。另一方面，眼看着身边的同学不断应征入伍，自己内心也产生"为故乡而战"的一种奇妙正义感。日中已经开战，开弓没有回头箭。一方面我清楚地知道"不可能取胜"，另一方面又觉得必须为故乡亲人摆脱贫困而战斗，心情极其矛盾。我每天胡思乱想，一会儿认为"战争肯定要死人，没什么可怕的"，一会儿又犹豫起来；一会儿认为只顾自身安全的想法非常卑鄙，一会儿又认为反正是死，那就为了民族，为了亲人，做一回英雄——反正脑子里想着一些平时不曾想过的事情。特别是作俳句的人，想法都很模棱两可。我既非坚定的马克思主义者，也非坚定的民族主义者，没有固定"理念"，这时才知道自己其实很懦弱。

不过最后我还是报名参加了海军财会学校的培训考试，希望被分配到"南方前线"。如今想到自己当时那么幼稚，丝毫没有主见，发愿当个"自由人"却也半途而废时，就会感到汗颜。不过话又说回来，当时是强权欺压弱者的时代，弱者没有反抗的权利，每天生活在被威胁、被恫吓的日子里，渐渐地个人的思想就被禁锢了。

国家权力露出狰狞面目

前面讲过的"前卫俳句镇压事件"，也是国家权力公然露出獠牙，控制社会思想的体现。1925年（大正十四年），政府开始镇压文人、作家。例如《蟹工船》的作者、著名的无产阶级作家小林多喜二，被扣上违反《治安维持法》的罪名逮捕入狱，最后被严刑拷打，死在狱中。再如"卸掉手脚变圆木，送你归西路"这首川柳诗（针砭时弊的短诗，形似俳句，但没季语）的作者鹤彬也被拷打致死。我觉得鹤彬就是川柳界的小林多喜二，日本侵华战争期间，他因创作反战川柳诗被捕入狱，双手双脚被铐在床头不能行动，后来因患痢疾被送往医院，临死前仍被铐在床上，年仅29岁。

没想到我们的杂志《土上》后来也被审查。1939年（昭和十四年），即日军突袭珍珠港的前两年，俳人也开始成为审查的对象。我所属的《土上》杂志主办人岛田青峰先生等主要成员被检举送审。据说在开展"新兴俳句运动"的过程中，因使用了"现实主义"一词而引起当局关注。听说岛田青峰先生在狱中被打得吐血，被接回家里时，我便跟随出泽珊太郎学长前去探望。记得当时先生脸色苍白，嘴里还在流血，一边摆弄着桌上装海带的盒子盖，一边自言自语小声说道："为什么，他们凭什么抓我？在监狱里那么对待我，真不像话。"

岛田先生提倡的不是"民主主义"而是"现实主义"。但是政府竟然蛮不讲理，随便抓人。一口咬定岛田先生是民主主义者，是思想危险之人，真让人哭笑不得。或许先生有些年纪大了，又在监狱受到非人折磨，所以不久便在家中吐血身亡，令人悲愤。像这样只要意见稍微跟政府不一致，不愿同流合污，政府就不管三七二十一，首先把你抓起来再说，这就是《治安维持法》，这些做法已经超出了法的内容。其实《治安维持法》是为禁止进行组织"改变国体""否认自由财产制度"的结社、活动而制定的法律。违反者要处以极刑。但是自颁布以来，中间几经修改，逐渐把内容解释扩大化了。像岛田先生的例子就是，"不能放任不管，一定要取缔"，"对于异议分子，就要趁早镇压，防微杜渐"。当局的做法完全是无限上纲上线。

当时的气氛就是只要看你不顺眼，就给你贴上"卖国贼"的标签，把你清除，跟目前的气氛十分相似。当时的口号是"为了祖国"，现在的口号是"以国为荣"，总觉得两者很相似，让人听着就不舒服。权力像一副无形的紧箍咒，不知不觉就巧妙地对你加紧了限制，比如最近制定的《特定秘密保护法》。说不定哪天抓你的时候，你都想不明白自己到底触犯了哪条法律。

"新兴俳句运动"成为整肃对象

如今回想起来，俳句、诗歌、话剧、小说等领域的艺术家成为被整肃对象，都是因为太扎眼。就拿俳句来说吧，"前卫俳句"成为被整肃对象，就是因为引领的时代潮流不利于政府统治。

在日本近代俳句史上，以高滨虚子为代表的"花鸟讽咏"派——即吟咏自然派——占主流地位。因为是吟咏自然，吟咏美丽的故乡，绝对不会批评战争，也不会主张民主，更不会"煽动民心"，因此符合国家政策，得到政府肯定。而"新兴俳句运动"跟"花鸟讽咏"正好相反，主要将反映社会生活的题材纳入句中。说到"社会生活"就不只是艳词丽句，也会将一些反映社会不公、针砭时弊、批评权力等内容涵盖其中。因此思维简单的政府会认为"这过于危险"，而加以压制。

前文已述，最初被抓捕的是"京大俳句"中的核心成员，杂志被封禁，接着许多地方性俳句杂志也陆续被揭发。我虽自诩"自由人"，可对所发生的一切却无能为力。虽心里充满自责，却也只能跟着感觉走。整个社会逐渐演变成有识之士无所作为的时代，人人自危，不得不跟现实妥协。紧接着被誉为背负着国家未来与希望的年轻人的思想逐渐被禁锢。事实上就连希望做个"自由人"的我，也因害怕那片黑影，而关闭了心扉。当然我也不认为做个"自由人"就万事大吉，但至少懂得"重新思考战争的意义"，懂得坚守"和平的理念"。近来在不断自我反省的过程中我深刻认识到，正因为日本人（包括我在内）缺少坚定的意志，才会陷入战争的泥沼。

利己主义无法守护和平

也许是因为对自己过去的行为感到懊悔，战后我不再满足于高滨虚子提倡的"花鸟讽咏"世界，开创了"自由俳句"（现代俳句）的运动，即提倡"季语很重要，但非季语词汇也可入句"的俳句创作理念。

俳句的定型形式产生了"诗的语言"。其中虚子主张以"自然现象"为主题而拘泥于有无"季语"，即重视季节感。其实有很多词汇虽然不是直接表达季节的词语，但都跟季节相关，本应该一起纳入季语范畴，但是虚子将其排除在外，不予承认。坚持"无季语便无好俳句"的理念。

我认为虚子的说法太过片面，随着词汇范围扩大，不一定非得有"季语"，即使是使用"事语"也可以写出好的俳句。因为"事"中也包含了"时"，如今重视"事语"的俳句作品在现实生活中越来越多。

当然也有人指出，如果强调"事语"，那么会不会模糊与川柳诗的界限，我认为大可不必担心，因为他们误解了二者的区别。的确现代俳句纳入的词语中，反映社会现象的词语越来越多，呈现跟川柳相似的形式。不过仔细分析就会发现，现代俳句中既有表现季节的词语，也有表现社会现象的词语，如果能将二者自然区分，运用自如，诗的形式就会变得丰富多样，比川柳表达的范围更广。例如"四照花"在四月到五月之间开花，是春天的季语，而"国会前"种有很多，因此"四照花"这个"季语"就可以和"国会前"这个"事语"不加区别，自由使用。而川柳从头到尾只使用社会性事语。过去经常说，如果作俳句就不要关注社会事物，一触碰社会事物就成了川柳，事实却并非如此。社会事物和自然事物可以在同一层面使用，一视同仁。

俳句的起源是连歌。在创作连歌时，若把季语放在第一个词，听者就能知道接下来要表达什么，所以将季语放在最前面，这样就形成一种惯例。

不久俳句便从连歌中独立出来，由连歌的五、七、五、七、七这种形式，固定为五、七、五形式。这时俳句也把季语放在最前面，因为大家都能看懂季语。渐渐地"必须加入季语"成为共识。这当然非常重要，但事实上俳句应该自由表达创作者自己的意愿，与时俱进。

特别是现在，社会性事相也跟自然现象一样不断增多，与自然体验相比，社会体验所占比重更大。于是大可不必考虑"发句（首词）必须使用自然事物"这种传统认识，应该将"事语"跟"季语"一视同仁，积极将"事语"也放进发句（首词）中，自由地构筑自己的俳句世界。如果被"无季不成句"的概念束缚，反而会让作品缺少丰满感。将社会现象放在发句，能让读者一看就明白目前社会上发生了什么事情、今后会朝什么方向变化等。

当然不局限于俳句，川柳也可以反映社会现状。事实上，江户幕府末期诞生的川柳，就立足于针砭时弊。归根结底，随着人生经验越来越丰富，自然事物不再是人们唯一关心的方面。从大自然获得灵感写出俳句当然好，但有感于社会事物而创作俳句的机会也必然越来越多。

若能活用"事语"，便能透视社会

为什么我如此强调要对"季语"和"事语"一视同仁？是因为如果能诚实地接受"事语"，就可以创造出自由的俳句世界，并且能够从新的角度审视社会。当然这一点并不局限于俳句世界。无论是创造新生事物的时候，还是关注社会动态的时候，如果格局太小，就很难从固有的思维中跳出来。令我没想到的是，首先能够接受这种观点的竟然是女性。也许是女性想象力丰富，创作意识自由的缘故，如今女性俳人越来越多。

日本自经济高速增长时期以来，女性逐渐从家务中解放，有了更多的自由时间，于是就将这些自由时间有效地投入"文化活动"。当时大都市建立了许多文化中心，不久诞生了首位获得芥川奖的女作家，女性的文化成熟度逐渐赶上男性。由于我是加藤秋邨先生的接班人，所以非常理解这种现象。秋邨先生思想开明，主张"重新审视俳句的文化地位"，同时他强调"不只是作为习惯或礼仪的一部分，而且是作为日常生活中的文化来审视"。秋邨先生的主张得到女性俳句爱好者的共鸣，逐渐有不少女性俳句爱好者聚集到先生的周围。后来我也继承了先生的这种精神，作为《朝日新闻》俳坛评选主委，审选投稿时也非常重视挑选女性投稿者的俳句。

女性在俳坛越来越有发言权。每次看到女性学员从文化中心回家，她们都昂首挺胸，充满自信，而男性学员就像被拖往屠宰场的羔羊，跟在女人后面亦步亦趋，我心下就暗暗感叹，女性地位真的提高了啊！那种情景至今难以忘记。另外，以前创作短歌（五、七、五、七、七的短诗）的诗人多数是女性，而创作俳句的诗人多数是男性，如今不知从何时起，俳句世界也变成了"女性社会"，无论是短歌界还是俳句界，都被女性占领了。那时我出版了《感性时代的俳句塾》一书，其中论证了俳句界将以女性为中心，进入尊重感性的时代。

在此之前，男性因为在职场生存，所以重视上下级关系，眼睛只会仰视。与之相反，女性因为是专职主妇，不必在意上下级关系，也不必仰视同伴，她们之间是平级的朋友关系。有一次我听到一个男人嘲笑说："女人真单纯。"我回答说："即使单纯也比你感情丰富。"对方马上变了脸，面露不悦，活脱脱一副酸葡萄嘴脸。

20世纪三四十年代，日本之所以发动了雪崩式的"十五年战争"，就是当时女性全都沉默的缘故。当然那时女性还处于"三从四德"的时代，没有发言权，只能被迫将自己亲手养大的长子送往战场，而且也无法预知次子的命运。她们内心万分纠结，却无可奈何，最终只能默默地把孩子交出去，独自忍受撕心裂肺的痛苦。

我写"反对安倍政治"标语牌时，也是抱着绝不允许日本重蹈覆辙、犯同样错误的想法。如果手举标语牌的年轻人都能跟全国的母亲们来到国会前，如果参加游行的女性都能够在脑海中想象战争的残酷，那么我对日本这个国家还是充满信心的。女性能够昂首挺胸表达意见的社会，女性能够活跃在不同行业的社会，才是一个真正健全的社会，只有这样的社会才能够阻止年轻人再次被送往战场。因此我衷心地希望全社会的女性都能不断地表达自己的意见，发出自己的声音。

整个社会失去了自由

创作俳句时，要求对事物有一定的看法，思考达到一定的深度。然而现实中是另外一种语言漂浮的景况，看不到真正意义上的深度。自己一个人觉得有趣，怀有"不觉得好笑的家伙都是傻瓜"这种意识的人越来越多。即使是俳句界，好多人也是越来越擅长哗众取宠。措辞漂浮，同时用词低俗是目前的倾向。即使在日常对话中，有时担心正常说话无法让对方理解真意，不由自主就会抬高音调，不仅语言粗暴，还咄咄逼人，也许认为不这样讲话对方就不爱听似的；有时是为了发泄对社会的不满，故意飙高声音，引人注目，"声大就有理"的想法可不是好兆头。

最具代表性的当属仇恨言论。针对特定人群大声发表仇恨言论，必然会引发民众的愤怒，这也是很可怕的。如果发生纠纷，就表现出一副"我被那些家伙欺负了"的样子，以煽动"英雄"般的爱国意识，那么，"既然被欺负了就要还手"这种断章取义式的报复性言论的出现就显得顺理成章。

同样道理，自卫队员到战场，如果出现战死者，一定会跑出好多人来大声主张"先发制人"。这种事情如果不断出现，那么世界就会逐渐变得令人讨厌。

另一方面，如果整个社会变成枪打出头鸟的情况，那么认为"沉默是金"的人就会增加。"祸从口出秋风寒"，这首松尾芭蕉的名句，有种明哲保身的感觉。我非常担忧，如今日本社会两极分化，缺少起平衡作用的中间力量，外表风平浪静，内里则充满杀机。时代的氛围转向冷漠，人与人之间缺少温情，这种倾向令人难过。

发挥知的野性，以"存在者"姿态生活

虽然我从战前就开始创作俳句，却没有一首包含表现时局"事语"的句子。因为当时还没有那种概念，仍然以季语为先。但后来重新审视自己以前写的俳句，发现其实里面有很多表现时局的"事语"，因此我才敢大声说："我不是自然诗人，是人类诗人。"我认为亲近人类者比亲近自然者更适合创作俳句，因此我说俳句应该是"人类诗人"写的诗。能让我有这种切身感受的，还要追溯到秩父生活的少年时代。

前文已述，我的父亲也作俳句，并且定期举办俳句互评会，参加俳句会的男人大都具备一种知的野性。我稚嫩的心灵也对此充满向往，那些男人创作的俳句感情都很丰富。

另一方面，以正冈子规、高滨虚子等为代表人物，以《杜鹃》俳句杂志为中心的那些俳人创作的俳句，对我来说没有任何吸引力。他们虽然张口闭口歌颂自然，但是让人一点也感觉不到自然的韵味。而父亲他们这边的俳句尽管不刻意提及自然，但每首俳句中都充满鲜活的自然韵味，二者的差别至今仍让我深有感触。

在我幼小的心灵中，总是觉得来我家参加俳句会的人们所创作的俳句非常优秀，充满知性，因此我为它取名"知的野性"。这些人平常干的都是粗活儿，有伐木的，有种植魔芋的，有从河中捕捞鲇鱼的，有猎捕野猪山鹿的，等等。他们不是闭门造车、纸上谈兵地创作俳句，而是每天从干活、流汗中构思俳句。小时候我所仰慕的俳人，就是这种充满"知的野性"的山里人。这种鲜活的体验，是我喜欢上俳句的真正原因。

远离土地便会扭曲人性

在特鲁克岛时，我领导的那些建筑工都是"鲜活的人"，我将其称为"存在者"。他们不怕出丑，不惧名声，活得真实自然。他们跟我无限热爱的秩父乡亲十分相似！无论好坏，从某种意义上来讲就是"纯真无邪"。他们并非傻子，只是活得忠实于内心。我希望自己也能像他们那样活得真实而不虚伪。

我的部队里也有五六名秩父同乡，其中有个人叫浅野，他经常驾驶蒸汽船从秋岛出发，往水中投手榴弹炸鱼。可是有一次被美军F4F战斗机发现了，船上的人一齐跳进水里躲过扫射，只有他跑得慢了点儿被击中了手腕，后来被大家抬回秋岛，并送到医院院长那儿接受治疗。如果不及时取出弹片，手臂就会化脓，但当时没有麻药，于是就在没有麻醉的情况下取出了弹片。旁边看着的人都为他感到疼痛，而他自己却咬着牙一声不吭，不能不说太伟大了！

复员船来接部队的时候，大家主动让他第一个先回国。后来当我复员回到家乡去找他时，才知道他每天骑着自行车，往返于秩父和熊谷之间，沿途贩卖肥皂。他也曾经两次到我家上门推销，大家都同情他只有一只胳膊，所以即便家里不缺肥皂也照样买。再后来他开始经营加油站，不久又出马竞选秩父市议员。由于年轻时过度劳累，病根没有彻底消除，在当选市议员后没多久便去世了。

我非常佩服他顽强的生命力，不经麻醉便取出F4F战斗机机枪子弹的弹片；只有一条胳膊却不觉得辛苦，努力坚持上门推销肥皂；他就是属于那种典型的扎根乡土，与土地共命运的人。这种扎根乡土、与土地共命运的生活方式，值得我们每一个日本国民学习。大地是母亲，日本人是生于土地，被土地养育的民族。尽管如此，现在许多日本人却远离了土地，这也是当今日本人缺乏精神寄托的最大原因。

珍惜小林一茶提倡的"生者感觉"论

我认为在土地上生存，就是无拘无束，与自然为友，甘于平凡，尽情享受生命的快乐，同时绝对不会打扰到别人，这才是真正的"自然之子"或"自由人"的生活方式。俳句诗人小林一茶将其称为"荒凡夫"。一茶坚持每天写日记，六十岁那年的大年初一，他在日记中写道："从今天开始我要做一个荒凡夫。"这里的"荒"并非粗暴，而是"自由"的意思。前文已述，如果一个人能够"荒"一般地自由自在地生活，该是一件多么幸福的事！同时一茶还强调，"自由"不是绝对的，它同时也包含了"带着烦恼生存"的意思。

也就是说，自己是带着烦恼生活的人，没有任何可取之处。按理说死了算了，但是还不想就这么死去，还想以"荒凡夫"的理念，贯彻今后的"生命"姿态。"生命"即"烦恼"，日本佛教里用"烦恼具足""六欲兼备"这些词汇来表达。也就是无法放下各种欲望，蠢上加蠢，用一句话概括就是"蠢到家了"。不过这才是人真正的"生"之姿态，既不修饰，也不加掩盖，随心所欲。从社会的角度来讲，也许这种生活方式不值一提，但是对每个个体来说是最自然的活法。

小林一茶的这种人生态度跟我所追求的理想人生不谋而合。人生本来充满烦恼，带着烦恼生活才是真正的人生。乍一看，似乎"带着烦恼"生活有点自私自利的感觉，其实并非如此。一茶就解释说，随心所欲地生活，并非给别人添麻烦，而是自食其力地生活，不过分突出自我，默默地努力工作，否则就无法立足于社会。因此作为社会一员而努力工作，才是一茶所选择的道路。我喜欢一茶，就因为他不像松尾芭蕉或与谢芜村那样，是从事过特别工作的优秀人才，而只是普普通通地生活、踏踏实实地努力的平凡人。一茶就是我所认为的那种"自由人"里最普通的"大众化的人"。

我想在这个世界上，绝大多数人都是像一茶一样的普通人。虽然这些人不会为社会做出多大的贡献，但如果不将他们排斥在外，让其在这个社会中生存，这不才是真正的自由社会吗？一茶在句中主张"随心所欲"，其实句中充满了美的感性。为了弄清一茶主张的"随心所欲"的意思，我查阅了许多资料，终于找到了"生者感觉"这个词汇。一茶的主张已经超越了今天所说的"人与自然共生"的框架，而是进入"生命与生命共生"的范畴。在共生的过程中相互影响，最后达到共鸣。比如说，在山中散步，看到蝴蝶从眼前飞过，就向它打招呼说"你好！多吸点花蜜啊"，就是要有这种互为生物的感觉。这就是我所提倡的"生者感觉"。

不过若意识过头也会产生反效果，顺其自然才是最佳的做法，这种感觉会将你带入美妙的俳句世界，因此我对一茶的俳句会产生共鸣。"生者感觉"就是让对方感觉到你也是生物，但绝对不要做出让对方讨厌的行为，要尊重对方。对方也要生存，要留给对方空间，不打搅，不添乱，不伤害对方。这样自己才会获得自由，同时对方也能感觉到自由。读着一茶的诗句，我对"生者感觉"有了更深的理解。

"定住漂泊"的生活态度

顺便提一下，在创作俳句的过程中，我最喜欢的季节莫过于夏末。在盛夏时节，油蝉和熊蝉等种类的蝉叫得特别欢畅，而到了夏末，它们的叫声逐渐换成了暮蝉的音色，慢慢地平和下来。这时候的季节感特别浓郁，油蝉逐渐换成暮蝉，鸣声由欢快变为平和。听着这种音色变化，来回想自己生活的一年，这就是我心目中的"生者感觉"。这时我内心会产生出"原乡"的感觉，即人类的原点、故乡，我称之为"原乡"。人类初始是住在森林里的，在那里可以遇到精灵，人与精灵互敬互爱——也就是现在所谓的"万物有灵论"——这就是"原乡"。

　　おおかみに蛍が一つ付いていた

黑夜深山行，
狼背骑着萤火虫，
万物皆有灵。

这首俳句是我以"万物有灵论"为主题的作品中最具代表性的俳句。我的故乡秩父山中树木茂盛，森林中曾经栖息着许多日本狼。据说到了明治中期，这些狼便绝迹了，而在我心目中它们仍然生活、行走在广袤的森林里。秩父是我的"出生地"，每次提到"原乡"必定会在眼前浮现那些狼群的身影。有时候会看到狼背上落着的萤火虫在那里闪光。这种尊重生命的想法就是我的"精灵世界"。萤火虫是"精灵"的象征，不论是生物还是无机物，万物都有灵魂，这就是我的思想。其间人类却离开森林来到外面的世界，接着建立了自己的社会，同时产生了差别的概念，也成为人类痛苦的源头。

有人喜欢定居在人们建造的社会中，而也有人不适应那里的生活而希望回到森林中去，于是我脑中便产生了"定住"与"漂泊"的概念。通俗地讲就是，在社会中生存叫"定住"，即在人类创作的社会中定居、生活，过完一生。然而社会中并不是每个人都能够安居乐业，有的人感觉生活得不自在，于是希望返回"原乡"的灵魂开始浮游，这就是"漂泊"，灵魂在寻求拯救。如果以"生者感觉"体会"原乡"世界，那么就可以到达原始的"万物有灵"的境界。这样人们就可以在社会中受了伤之后，返回原乡寻求医治，然后再回到社会中去。

不过"漂泊"并非易事。我比任何人都希望"漂泊"，但是我仍然难以割舍作为社会人生存的"定住"。因此我决定将身体放在"定住"的世界，而让灵魂经常浮游在"原乡"中。这就是"定住漂泊"，是一个将"定住"与"漂泊"结合在一起的概念。

在经济高速增长时期，日本人的精神状态发生了变化。从战后的一穷二白，经过艰苦奋斗，人们终于慢慢地过上了好日子，这一点本身无可厚非。本来可以松口气了，却发现有些地

2015 年金子兜太先生在自家庭院，院里的花木都是夫人生前从老家秩父移植过来的

方悄然发生了变化，即"衣食丰足而内心空虚"。也就是"心"虽然无法融入社会在"漂泊"，但"身"为了生存不得不去赚钱，只好"定住"在那里。身体虽无法离开，灵魂却可以"漂泊"，因此如何将"定住"与"漂泊"统一起来才是最重要的。身处现代社会，即使想返回森林也是不可能的。既然如此就只能一方面根扎在这个社会，另一方面守护好自己那颗为寻找"原乡"而漂泊的心。

更加贪心一点，就是将浮游在"漂泊世界"的心所获得的感性，移植到自身居住的社会中，精心培育，让其开花结果。身体扎实定居，而内心自由漂泊。我希望成为这样的人，这才是我理想中的"自由人"，我今后仍然会朝这个目标继续努力。

人人都有"原乡观念"

我曾公开表示要将"日银"作为生存工具而工作到退休，并为此付出了沉重代价，我被不停地调换工作地点。也就是虽然在公司上班，却被放逐到日本各地，因此我才有种"定住漂泊者"的感觉。20世纪60年代末70年代初我回到东京，住进公司提供的员工宿舍。但是不知什么原因，我跟夫人都觉得不太习惯，久久无法适应。当时日本正处在经济高速增长时期，整个社会都很浮躁，充斥着飘忽不定的感觉。一起住在员工宿舍的人，也整天魂不守舍似的。于是我跟夫人商量决定搬到靠近故乡秩父的熊谷市去住。当时我已经四十八岁，距离五十五岁退休还有七年。

其实就我个人而言，住在公司的员工宿舍也无所谓，可夫人说，"像你这种愣头青如果不能接地气一定活不下去，我们还是住在有土的地方吧"，看来夫人内心真的不喜欢东京的生活。当然搬回到秩父老家去住或许更好，不过我家有亲戚住在熊谷，而且离我要租的房子不远处还住着一位秩父出身的著名画家，再加上夫人很快就把一切手续办好了，因此我也不再坚持什么，就从东京搬到了熊谷，从"土地"上重新认识"人类社会"。

刚才提到过"原乡"概念，其中最终住所就是"土地"上。有土地才有大树，树下才可以住人，一切都建立在土地上才是"原乡"。然而随着日本经济高速增长，城市范围不断扩大，乡村人口不断减少，农村结构逐渐遭到破坏，"原乡"逐渐消失了。

我的故乡秩父也不例外，过去一直存在的农村共同体，小时候曾存在的乡村生活已经一去不复返，消失得无影无踪。

霧の村石を投らば父母散らん

投石忆童年，
乡村父母两不见，
白雾绕陌阡。

这首俳句就是我当时的心情写照。那时我开始对自己的出生地产生兴趣，盼望能够在生我养我的"原乡"——我热爱的土地上幸福地生活。因此当我看到自己心中的"原乡"遭到破坏时，心里产生了一种前所未有的失落感，同时一种严重的"危机感"随之而来。农村、山村人口不断流失，人们离开养育自己的土地来到城市，没有丝毫眷恋，难道这就是人类或者社会的真实面貌吗？离开养育自己的土地到大城市居住，或许生活更方便，物质更丰富，殊不知却切断了原有的生命源泉，逐渐失去了生命的真谛。

我对最近出现的"战后世代"及"年轻世代"有志回归农村生活表示欢迎。老实说大城市确实不适合人居住，希望年轻人珍惜乡下生活。我坚信只有热爱养育自己的土地，才能从那里汲取生命的力量。

流浪者的典型代表——"寅次郎"

我很庆幸自己能生长在秩父。我至今仍然记得濑田君说过的话，"正因为能够生活在故乡秩父这片土地上，才培育出你这样的自然之子"。人有"诞生地"同时也有"死亡地"（成佛地）。对我来说，秩父这片土地以五、七、五的韵律形式，将自然界固有的生命跃动传递给我。我深信正是由于汲取了这种强烈的生命韵律，才形成了金子兜太这个人，也就是说秩父给了我一种"生者感觉"。在此之前我被推举为"现代俳句"的旗手，俳句内容描写的大多是闭塞的组织以及屈从于那种生活的心灵。然而随着年龄的增长，乡土观念越来越强，我认为离开土地，生命就变成了缺少根茎的空虚物，因此描写"生者感觉"内容的俳句越来越多。

如今世界处于全球化时期，拥有与众不同的价值观变得尤为重要，因此地方观念、乡土观念对我来说必不可少。社会越富有，人心却越漂浮，这是因为物质享乐主义在蔓延，人们逐渐远离万物有灵论的精神世界，心灵越来越空虚。现代"定住漂泊"的代表人物就是电视剧《寅次郎的故事》中的"寅次郎"。在经济高速增长时期，我也憧憬过寅次郎那种不断辗转于大都市，却按捺不住漂泊心情的放浪生活。寅次郎是典型的漂泊者，在故乡有迎接自己的温暖家人，有妹妹、外甥和奶奶，尽管如此还是在家住不了多久又要出去旅行。虽然每次出行都是因为失恋，但我认为寅次郎本身就不是一个喜欢安定的人。我曾经与扮演寅次郎的演员渥美清先生同时获得过紫绶勋章，但渥美清先生并没有出席颁奖仪式，这跟传闻中的渥美清先生很吻合，紫绶勋章不适合寅次郎，其实也不适合我，但是人家既然颁发，我还是去领吧。渥美清先生不喜欢接受华丽的荣誉，喜欢做自己热爱的事情，前提是不给别人添麻烦。剧中人物寅次郎是"荒凡夫"，也许渥美清先生演的就是自己。

理论靠不住，爱神有真情

东京"柳句会"是由永六辅先生、小泽昭一先生等主办的俳句诗会，渥美清先生也是其中成员。听说每次出席句会时，渥美清先生一进门就像打坐一样面对墙壁，开始专心创作。虽然我与先生未曾谋面，却有一种莫名的亲切感。我曾与小泽昭一先生录制过两次对谈节目。小泽先生可以说是当代的"自由人"，虽然长得一副傲慢流氓相，黄色段子张口就来，却值得尊敬。

当然我也十分好色，虽然接近百岁，难免有时会说些男欢女爱的事儿，这是我的精神支柱，好色是人的天性。跟女人聊天时，我也会从好色的角度去审视对方。从另一个角度看，这也是"自由人"才能做得到吧，因为爱神厄洛斯身上就充满了人从出生到恋爱的全部能量。假如认真去追求欲望，最后必然达到厄洛斯的境界。若问人为什么而活着，我想首先应该是为了美食，其次男人为了美女，女人为了帅哥，为了爱与被爱而活着吧，这才是人最大的幸福。经济高速增长时期，日本人个个向钱看，我却还有时间和精力关注流浪者，不能不说很幸福。

追求金钱会让人变得只相信理论，每天一睁眼就是"金钱、金钱"，看着金钱数目越来越大，自己的欲望也越来越强，

无论写文章还是作俳句，大部分时间都在书斋度过（后为译者），2011 年

不久便跟战争联系在一起。反之追求厄洛斯的话就跟战争无缘，厄洛斯是男女之爱，或者说是人类之爱，它是和平的象征。在经济高速增长时期，自己有幸懂得了厄洛斯的含义，变成了一个真正的人，这也是形成"自然之子·金子"的基础。在大城市一个人生活绝对不行，那里住不进厄洛斯，只会让自己变成理论的巨人、行动的矮子。不能轻信理论，还是相信厄洛斯实在一些。要想得到幸福，就扔掉理论，追求厄洛斯吧。

期待年轻人具有"思考未来的能力"

再回到原来的话题。虽然《安保条约》最终还是在国会通过了，但人民依然有办法让其不能发挥作用。为了牵制安倍政权，防止其朝危险的方向进一步迈进，大家必须坚持长期抗争。我认为能够担负抗争重任的首先是前文提到的女性大众，她们敢于大胆表达自己的意见，是中流砥柱。其次是以 SEALDS 为代表的反对安保法案的年轻人。我十分感谢 SEALDS 的年轻人，他们高举我书写的"反对安倍政治"的标语牌，在国会前举行抗议活动，我对此表示诚挚的敬意。跟他们见面时，最让我感动的是他们能够真正意识到"战后七十年所积累的和平之重要性"。

"战后七十年的积累"是指战后在重建日本社会的基础上，上一代人建立起来的和平环境。年轻人对上一代人的努力表达敬意的行动让我感动，使我对年轻人的看法有所改变。他们不只是在嘴上情绪性地表达"讨厌战争"，而且是具有"和平宪法能够延续到今天是多亏了日本人的聪明才智"这一值得称赞的历史认识。大家不要只说完"NO"就万事大吉，而应该认真思考"今后"该怎么办。

以安倍首相为首的主张修改宪法的一小撮政治家狡辩说："日本人长期以来被和平宪法保护，因此现在变成了和平傻子。"但是我认为和平能够成为人们思考的主题实在难能可贵，和平宪法到底有什么不好？即使不修改，以现行的法律也完全可以解决问题。安倍首相的理由是，和平宪法是占领军强加的，所以必须修改。不过希望安倍首相首先要有正确的认识：虽然宪法本身是由美国人主导制订的，但是后来美军逼迫日本重整军备的时候，日本不是以和平宪法为借口将其顶回去了吗？这也是当时日本人从心底认为宪法第九条非常重要的缘故，并且从那时起，日本人一直坚持不懈地守护着和平宪法。

宪法第九条正是日本国民的精神。即使被指责说"非武装中立是不现实的"，日本作为专守防卫的典范也获得了世界的高度评价。集体自卫权和军事同盟同时存在，就有可能使小冲突演变为大规模的世界性战争，20世纪发生的两次世界大战就是明显的例子。

由于日本是战后维护世界和平的典范，有人主张将"宪法第九条申请世界文化遗产"，也有人主张应该给"宪法第九条颁发诺贝尔和平奖"，对此我十分赞同。宪法第九条的精神已经成为战后日本人的精神家园，它是如此宝贵，不能轻易修改。不过在行使集体自卫权的名义下，自卫队被理所当然地派往国外，很难保证自卫队中不会出现战死者。作为一名旧日的败军士官，我想请问一下，如果出现这种情况，日本的政治家或自卫队高官又会如何处理呢？

无知地叫嚣"修改宪法"

我不知道安倍首相人品如何，只知道大多数美化战争者没有一个好人。那些高喊"修改宪法"或主张"自主制订宪法"的国会议员，为何能够那么满不在乎地、扬扬得意地叫嚣呢？那是因为他们几乎都没有上过战场。现在自民党那些年轻的国会议员，都不知道战争的残酷性。我认为在自民党的国会议员当中，也许只有不到百分之二十的人经历过战争。他们只会闭门造车、纸上谈兵，既没有闻过战争的硝烟，也没有目睹过军人战死的现场，真正打起仗来，上战场的又不是他们！因为没有当事人意识，所以才敢满不在乎地叫嚣着把自卫队送到战场，这是典型的不负责任。

我从没见过像安倍首相那样把国民的声音当耳边风的领导人，只有他们这种人才会把宪法第九条视为眼中钉，才会制订出没有度量的安保法，我不认为他们有资格那么做。如果你认为真有必要修改宪法，那么就应该堂堂正正地举行全民投票，并进行民意测验。如果真进行全民公投的话，我一定投下自己那张神圣的反对票。

只要认真阅读宪法就会知道，宪法第九条明文规定禁止行使"集体自卫权"。安倍政权心里很清楚这一点，因此故意不去触碰宪法第九条的条文，而是围绕着它做文章，制定出一些奇奇怪怪的法律，使用这种狡猾手段将自卫队送往战场。我真想对他大吼一声："请勿姑息自己的低级错误。"在我眼中安倍晋三只不过是个轻薄无能、只会说漂亮话的家伙，不仅有点沉不住气，还总想在任何场合表现自己，这种人哪有资格胜任日本领导人？

那我们该怎么办呢，只能继续说"NO"。我在讲演会上谈到这些的时候，有人曾提问说："去打仗的不都是自卫队员吗？"的确问得没错，但是这种理由站得住脚吗？也有人说："自卫队就是靠这个做生意的。"但是别忘了现在执行的都是"使用武器的任务"。过去日本派遣自卫队都是以"人道援助"这种形式进行，并不使用武器，虽然这也很危险，但还没有达到积极参加战斗的地步。

战争就是人真正来到战场相互厮杀，今后肯定会出现战死者，即使发生与特鲁克岛同样的悲剧也毫不奇怪。曾经有人告诉过我说，从伊拉克回国的自卫队员中有很多人自杀。因为用枪杀死敌人，自己终生也会背负巨大的精神压力；而昨天还睡在自己身旁的战友，今天却眼睁睁地看着对方死了，死亡从来没有离现实如此之近；还有人即使幸免一死，也会患上人格分裂的心理疾病。我在特鲁克岛目睹过无数这种场面，面对这种情况有人说："死的是别人又不是自己，如果是自己那绝对不行。"也有人说："反正只要自己没死就好。"说这种话的人简直自私到极点，而如今这种自私自利的想法非常流行。无论是功成名就的伟人还是身边汗流浃背的普通人，生命都是一样宝贵的。希望大家都能培养人人生而平等的理念，只有这样才能阻止利己主义的蔓延。

不经讨论的"修宪"极具危险性

安倍首相为什么如此急于修改宪法呢？我怀疑他想改变的不仅是宪法第九条中的"和平"，而且他想把我们战后享有的"民主"和"自由"也一起改变。我不是法学专家，无法解释得很确切，听说自民党手中有份《宪法修改草案》。当我听到这个的时候，突然脱口而出："这就对了。"因为在他们眼中，"国家意志比每个国民的自由更重要"。现行宪法注重保护"人权"，提倡个人主义，所以我感觉他们就是想封杀这一点，然后最大限度地限制国民的个人权利。

我在前文多次提到战时的《治安维持法》，我认为如今这份《宪法修改草案》跟《治安维持法》密切相关。听了安倍首相的施政演说之后，我吃惊得说不出话来。说什么为了保护"日本美丽的田园风光""具有优良传统的故乡""互助的农村文化""令日本国民骄傲的国家品格"等，用了这么多华丽的词句，无非就是要回到"过去的日本"。但我想问一下，什么是"国家品格"？战前的大日本帝国宪法规定"国体"第一，因为当时是天皇制，所以"国体"的概念非常明确。但现在日本是民主国家，那么你说的"国家品格"又是指什么呢？语意不明。从演讲中冒出的"故乡""互助"这些词语来看，无非就是想倒退回战前的"大家族主义"，我坚决反对，因为我亲眼看到那时奶奶和姑姑欺负我母亲。如今三世同堂的情况已不多见，现代社会中人们非常注重个人意识，即使亲子之间也必须相互谦让。对照这种时代潮流，就能明白"大家族主义"是多么地不合时宜。

战时的《治安维持法》中明确规定"颠覆国体"者必将严惩不贷，那么今后不赞成这种"国家品格"的人会被如何处置呢？今后国会有可能通过对宪法逐步进行部分修改，最终达到"《宪法修改草案》获得通过"的目的。就跟安保相关法案一样，不从正面进行，而是先修改一些不太引人注意的部分，再一步步修改整条法律。

媒体报道自由度已落后于其他先进国家

为这种目的保驾护航的当属最近颁布的《特定秘密保护

法》。在我看来，这个《特定秘密保护法》跟战前限制言论和思想自由的、臭名昭著的《治安维持法》有着异曲同工之处，国民绝对无法容忍这种奸诈狡猾的手段。这部法律在日本媒体掀起了轩然大波。总务大臣高市早苗曾大放厥词说，"必须动用政府权力"关闭那些缺少政治公平性的广播，意思就是"对不听话的媒体进行严惩"。自那以后媒体果然出现了自我审查的现象，不过我想知道，高市大臣所谓的"政治公平性"到底是由谁来决定的呢？

无国界记者团（本部设在巴黎）每年都会发表当年《世界新闻自由度排行榜》，由于《特定秘密保护法》的通过，日本的排名在一百八十多个国家中，从去年的第六十一位进一步下跌到今年的第七十二位。即便在亚洲也排在中国台湾、中国香港和韩国之后，曾经排名第十一位的时期已一去不复返了。

安倍政权大张旗鼓地干涉 NHK 经营委员会的人事权，把符合自己意愿的人安排到会长位置。甚至引发了 NHK 与民营电视台广播员对调的事件。政府对国民舆论最为关心的《安保相关法案》以及核电报道事件十分敏感，所以才炮制出一部《特定秘密保护法》强制媒体进行自我审查。宪法明文规定的知情权并没有得到体现。这种状况过不了多久就有可能发展到跟战时只相信"大本营发布"类似的地步。我非常担心现政府将会逐步限制与掩盖不利于自己的新闻，随意操纵社会舆论。

"十五年战争"时期，媒体助纣为虐，单方面忖度"上意"，煽动国民，罔顾侵略事实，最终导致悲惨的战败下场。谁也无法保证历史不会重演。我怀疑安倍政权下一个打击目标将是教育委员会。因为教育委员会也是 GHQ 创立的，独立存在于政治之外，不受政治干涉，中小学使用什么样的教科书都由教育委员会自身决定。稍早以前，政府叫嚷所谓的"教育改革"，主张教育由首长直接负责，由此看来，如果这一主张获得通过，那么选择什么样的教科书就会变成由政治领袖来决定的局面，教育委员会也将被废除。不同的教科书对孩子思想形成的影响也不尽相同。因此宪法条款如何改变，若不清楚背后的真意，就会慢慢地像软刀割脖一般，束缚我们的生活。

安倍首相看起来也已做好迎战的准备，换言之，由于国民的抗议行动才使他有所动作。如果女性和年轻人还是过去那种满不在乎的想法，自民党以及安倍政权也不会如此着急修改宪法，而是一点点地进行。现在看来我们的抗议行动打乱了他们的全盘计划。不过宪法第九条是我们最后的堡垒，如果不能坚守，那么政府的黑手很快就会伸向个人权利，从而演变成第二个"十五年战争"的时代。综上所述，大家应该对现行体制的动向时刻保持警惕。虽然可能性不高，却也难保我这把将近百岁的老骨头某天不会像岛田青峰先生那样被带走，即使那样我也不会收回自己的武器，我将一直战斗到生命最后一刻。因此，我希望女性朋友、年轻朋友以及男性朋友们，跟我一起携手对这种危险动向大声说"不"。

金子兜太先生俳句欣赏

董振华

金子兜太先生生于 1919 年，幼年时曾随时任东亚同文书院校医的父亲在上海居住，1923 年回国。旧制熊谷中学毕业后，1937 年考入旧制水户高中。高中在读期间，应学长出泽珊太郎邀请出席同校教师组织的家庭俳句诗会，创作处女作"白梅や老子無心の旅に住む"（白梅迎春开。无为老子出关来，行旅宿野外），从此开启俳句创作生涯。第二年正式加入全国学生俳志《成层圈》，获得加藤秋邨、中村草田男等俳句大师的赏识。

金子兜太

1939年开始向岛田青峰主办的俳句杂志《土上》投稿，1940年高中毕业。1941年入东京大学经济系，开始向加藤秋邨主办的《春雷》投稿，并成为加藤秋邨的弟子。

1943年金子先生于东京大学经济系提前毕业，进入日本银行工作，同年作为海军现役士官进入海军财会学校培训，第二年作为日本帝国海军中尉（后晋升为大尉）财务主管被派往特鲁克岛第四海军工程部，统领建筑工人200人。在接连不断出现饿死者的情况下，奇迹般生还。1945年8月被美军俘虏，在春岛从事美军航空基地建设。1946年11月复员回国，翌年2月回到日本银行工作，4月与盐谷皆子结婚。自1949年至1950年底，任日本银行职员工会第一任事务局长、代表委员、全国银行联合会中央委员。1950年底被下放到福岛支行，1953年又被调往神户支行，1958年被调往长崎支行。1960年调回东京总行，1974年退休。

返回"日银"工作期间，先生于1947年回归俳句杂志《春雷》，并参与泽木欣一主办的俳句杂志《风》的创办，主张社会性俳句运动。1951年在《俳句研究》杂志连载俳句论文《波乡和秋邨》（石田波乡和加藤秋邨的俳句创作），1955年成为日本笔会俱乐部会员。1957年在西东三鬼的推荐下开始为《俳句》杂志撰写评论文章《俳句的造型》。他以提倡社会性俳句而著称，是20世纪50年代社会性俳句运动的主将，同时又是前卫俳句的主要代表。1962年与隈治人、林田纪音夫、堀苇男等共同创办同人杂志《海程》，1985年《海程》由同人杂志转为金子兜太主办杂志。1974年至1979年任上武大学教授，1983年开始担任现代俳句协会会长，1987年开始任《朝日新闻》评选主委，1988 年被授予紫绶勋章。1992 年成为日中文化交流协会常任理事，2000 年开始担任现代俳句协会名誉会长。2005 年成为日本艺术院会员，2008 年被授予日本文化功劳者奖。2015 年起担任《日中新闻》《东京新闻》"和平俳句"栏目评委。

金子先生被称为战后俳坛第三次革新的开创者，他将个体俳句推向社会，在俳句的思想性上追求人的生存本质，主张造型论，贯穿强烈的主体表现情绪。他将创作主体置于物我之间，因此俳句结构的固定形式被突破，音数根据内容自由增减，以破格的先锋派社会性无季俳句强调人的存在。他敢于直面战后社会，用文字刻画自然与人的世界，作品往往突破俳句自身限制，而突兀出现非人称的表现，其现实感多于艺术感。

由于金子先生 1957 年发表了《俳句的造型》、1961 年发表了《造型俳句六章》等文章，在关于俳句恪守传统还是进行改革的争论中成为中心人物。1962 年，由于在评选授奖俳句

2012 年主持俳句杂志《海程》创刊 50 周年纪念会

家的问题上俳句界发生意见分歧，一部分俳人分裂出去，成立了俳人协会，两派并立的局面开始形成。俳人协会的俳句家属于传统派，主张有季（季语）、定型（五、七、五型共十七音），而现代俳句协会则在传统派的基础上包容先锋派、自由律、无季等各种非传统派。金子先生就是无季派的领袖。他主张俳句应该具有社会性，应当将自己放在与社会的联系中去，有意识地采取注重社会性的态度，将创作的主体放在自己和客观事物中间，来表现人类的存在，他与人合作创办俳句杂志《海程》以贯彻自己的主张。1959 年秋季，《朝日新闻》在介绍各领域文学先锋派旗手时，俳坛重要代表作家加藤秋邨认为："金子兜太为了使缺乏思想性的俳句，获得现代人应有的思想性，而对这种可能性进行了认真的探求，具有新的先锋意义。"而事实上，《海程》的结社活动也强调"俳谐自由"，门人不必拘泥于老师的俳句观，可以发挥不同的个性来创作俳句，老师只是门人俳句创作的建议者而不是修改者。

现代俳句协会与俳人协会自 1962 年形成两会并立局面以来，在俳句创作和发展活动方面都取得了很大的成就。后来两协会逐渐消除隔阂，提高往来交流的频率，在不改变各自主张的前提下，在一些共同出席的活动上表现出相互理解的态度。

中国方面的相关诗人对于两协会以及后来成立的各大小俳句团体所做出的贡献，均采取尊重的态度——毕竟不管是有季定型俳句还是无季自由律俳句，翻译成中文时几乎看不出差别。

已故原社科院日研所研究员、翻译家、诗人李芒先生曾评价说："金子先生的俳句，从题材和艺术方面看，仿佛吉他，第六弦声音低而粗，第一弦高而细；又比如书法，既有粗笔泼墨时的重写，又有细笔游丝般的轻描，二者有机地糅合在同一首作品中，可谓异彩纷呈，多姿多彩。在社会性方面，具有敏锐的洞察力和高超的表现力。"的确，在传统派依旧占主导地位的日本俳坛，假如没有这样的功力和魄力，很难取得如此的成就。

金子先生的句集有：《少年》《金子兜太句集》《蜿蜒》《暗绿地志》《金子兜太全句集》《生长》《狡童》《旅次抄录》《早春展墓》《游牧集》《猪羊集》《诗经国风》《皆之》《黄》《两神》《东国抄》《日常》等。

金子先生的获奖经历有：第 5 届现代俳句协会奖（《少年》，1956）、埼玉县文化奖（1978）、紫绶勋章（1988）、第 11 届诗歌文学馆奖（句集《两神》，1996）、勋四等旭日章（1996）、第 48 届日本广播协会广播文化奖（1997）、第 1 届现代俳句大奖（2001）、第 36 届蛇笏奖（句集《东国抄》，2002）、日本艺术院奖（2003）、Cicada 奖（英文版 2005）、第 4 届正冈子规国际俳句奖大奖（2008）、文化功劳者奖（2008）、第 51 届每日艺术奖特别奖（2010）、第 22 届小野市诗歌文学奖（句集《日常》，2010）、第 58 届菊池宽奖（2010）、第 30 届下町人间庶民文化奖（2015）、朝日奖（2016）等。

1980 年 7 月，金子兜太先生随同大野林火率领的日本俳人访华团一行首次访问了中国。中日友好协会在北海仿膳餐厅举办了欢迎宴会。席间赵朴初先生仿照俳句五、七、五形式即兴创作了三首短诗，其中一首云："绿阴今雨来，山花枝接海花开，和风起汉俳。"这首短诗最后一句道出了汉俳的起源。

此后不久，1981 年《诗刊》第六期公开发表了赵朴初、林林、袁鹰等中国诗人的汉俳作品，1982 年 5 月 9 日《人民日报》文艺栏目又发表了赵朴初、钟敬文等人的汉俳作品，从此汉俳受到中国诗坛注目，并逐渐推广到全国各地。

金子兜太先生于1980年首次访华，至2005年，三十年间共访华11次。1985年3月，率领《海程》同人访问了香港、桂林、漓江、广州等地。1987年7月，率领现代俳句协会主办的"中国之旅"代表团访问北京、西安、苏州等地，并创作许多访华俳句。1989年3月，为庆祝中国诗词学会成立率团访华，并出席中日定型诗研讨会。1990年4月，率团出席在杭州举办的"中国和歌俳句研究会"成立大会，同年9月率团出席在北京举办的"中日诗人、俳人交流会"。1993年9月，率团出席在北京举办的"中日诗人、俳人交流会"，并访问新疆等地。1995年9月，率团出席"中国歌俳研究中心成立大会暨中日诗人、俳人交流会"，并访问成都、峨眉山等地。1996年9月，率团出席在北京举办的"第一届中日俳句、俳人交流会"，并访问北京、杭州、上海。2005年3月，率日本现代俳句协会、俳人协会、传统俳句协会、国际俳句协会代表团访问北京，出席"中国汉俳学会成立大会暨中日诗人、俳人交流会"。上述活动都得到金子先生的大力支持。截至2005年，中国的汉俳诗人达到四千多人，出现了各种汉俳刊物，最著名的是段乐三先生主办的季刊《汉俳诗刊》，后改名为《汉俳诗人》。

为了纪念中日邦交正常化20周年暨现代俳句协会成立45周年（1992年）及为了纪念中日邦交正常化25周年暨现代俳句协会成立50周年（1997年），金子兜太先生和林林先生先后主编出版了《现代俳句、汉俳作品选集》的第一辑和第二辑。

1997年5月，在中国出版了由林岫女士主编的《汉俳首选集》，金子先生发来贺词说："衷心祝贺《汉俳首选集》出版。虽然汉俳最初受到日本俳句形式的影响，但如今已经发展成为既不同于中国传统的律诗，也不同于白话诗的一种独特的诗歌表现形式。"

关于金子先生的俳句翻译，李芒先生曾于 1995 年出版《金子兜太俳句选译》一书，在当时的中国诗坛引起强烈反响。林林先生在序中说："从这本《金子兜太俳句选译》来看，题旨繁多，风格迥异，俳人诗心，触景寄情，情景交融，取得良好的感应。他的俳句中透露着色彩美，流露出与谢芜村的遗风。他特别喜爱黄色，从黄河到黄海，写了好多句，可以看出对黄土大陆的中国深沉的热爱，有的句作同色相映，有的句作异色交辉，景象如在眼前。"

回想起来，自 1993 年与金子兜太先生率领的俳人访华团第一次在北京相识以来，已经过了四分之一个世纪了。

每次访华，日方的组织单位是日中文化交流协会，中方的对口单位就是我曾经工作过的中日友好协会。最初我根本没想到自己会学习俳句。但是三年之后的 1996 年，我前往日本庆应义塾大学留学，偶然机会与金子先生夫妇重逢，并在俳句创作方面得到先生伉俪的入门指导，此后一直受到先生夫妇的关照，二老视我为自家的孙子一般宠爱。当金子先生忙的时候，皆子夫人就担当我的俳句老师，我也很努力地学习俳句创作。然而，1997 年 2 月，皆子夫人因病住院，金子先生一边照顾夫人，一边忙于工作，而我也结束学业回到北京的职场，所以无法像以前那样直接听取二老的教诲。那时每次从北京打电话，只能向先生的儿媳知佳子，询问皆子夫人的身体恢复情况，完全不再提俳句。但是如果碰上金子先生接电话，就会

金子夫妇在熊谷家中

被先生问道："董君，你还在坚持写俳句吗？"这时我就会以"老师，我一直还在坚持写俳句呢"作为回答，好让先生夫妇放心。但是我真正的想法是，在北京，一个人缺少老师指导，并用日语创作俳句，对我来说是多么困难的事情啊。其间多次想终止创作，但如果几个月不投稿，金子先生就会担心地从日本特意打电话过来，催促我交作业。1998年皆子夫人的病情好转，我每次因单位出差有机会前往日本时，就会抽时间前去探望皆子夫人，这时夫人又会指导我俳句创作。然而不久她病情复发，此后多年一直与病魔作战，直到2006年被病魔夺去生命。

每次读到金子先生在《海程》杂志刊载的俳句"喜见后山南蛇藤／妻战病魔目更明""合欢花前情似海／与君死别久徘徊"时，就会感受到先生对夫人真挚的爱情及夫妻间坚实的纽带。而读到皆子夫人所作的"我视医师为朝日／医问肾脏可摘出""皆子要加油／活着定能活下去／春天属于你"等记录病中生活的俳句时，不由得为人类坚强的意志所打动。我直到今天还能坚持俳句创作，也多亏了先生夫妇的鼓励。

2015 年 2 月，我前往先生位于熊谷的家中探望时，先生告诉我："到了九十九岁，就会辞去所有的工作，专心创作俳句。"那天我请先生为我的新句集作序时，先生欣然答应说："好，马上写吧。"我当然知道这是先生在百忙之中对我的特别厚爱。不久我便拿到了先生为我的新句集所作的序，但恰好这年夏天，我母亲因食道癌前往东京癌症研究会有明医院治疗，为了照顾母亲，出版新句集的事情就暂时搁置下来。然而出乎意料的是，金子先生今年（2018 年）2 月突然因病去世，没能让先生看到我的新句集出版。虽自知资质愚鲁，但我会尽自己最大努力，继承先生的遗志，一步一个脚印，继续踏着五、七、五的韵律，表现自己的世界，以报答先生夫妇的知遇之恩。

金子先生自高中时期开始创作俳句至今，已有八十多年的岁月，直到 2018 年 2 月去世，都以现役俳人身份活跃在日本俳坛，是日本俳坛创作俳句时间最长、著作最多、贡献最大的文人，不仅是俳句界元老，也是整个日本文化界的象征。先生的俳句注重时代性和社会性，许多作品被翻译介绍到欧美及亚洲各国，先生也因此获得日本"文化功劳者"的称号。

先生的俳句创作大体分为五个时期，下面尝试翻译不同时期的代表作品，以飨读者。译文后附译注，仅供参考。

第一时期

　　自作者高中时代（1937年）开始到作为海军士官前往特鲁克岛从军以及战后回国（1946年），即作者18岁至27岁的时期。这个时期的作品特征主要是吟咏故乡的风土与战争经历的感受。

1　白梅や老子無心の旅に住む《生长》

白梅迎春开，
无为老子出关来，
行旅宿野外。

位于水户市桂岸寺的句碑

　　这首俳句是作者的处女作。作者在旧制水户高中就读时，被出泽珊太郎学长邀请前往参加俳句诗会。时值水户偕乐园梅花盛开，清香扑鼻，作者想起刚读过老子出关的故事，即兴创作此句。2011 年水户二十三夜寺、保和院、桂岸寺为作者树立此句碑。

2   裏口に線路が見える蚕飼いかな（《生长》）

村口旧木屋，
走近始知养蚕户，
后门见铁路。

战前作者故乡秩父家家户户以养蚕为生，养蚕的亲戚家坐落在铁路边，后门正好能看到火车驶过，这首俳句是作者走亲戚时的创作。

3   蛾のまなこ赤光なれば海を恋う（《少年》）

蛾瞳映红光，
青春恋海洋。

埼玉县离海较远，作者出生于山村，从小向往大海。暑假回乡睡到半夜，看到储物间窗口有蛾子飞入，一双大而红的眼睛随光线明灭熠熠发光，引发了作者青春的梦想。

4　　富士を去る日焼けし腕の時計澄み（《少年》）

昨来富士今又去，
日晒腕黑表清晰。

　　作者考入东京大学之后，曾到富士山山麓军
训过十日。跟相处多日的富士山道别时，心情有
些感伤。虽然多日军训，手臂被晒黑了，可是表
壳看起来更加干净清晰。

5　　霧の夜の吾が身に近く馬歩む（《少年》）

雾轻夜色浓。
马儿负重伴我行，
亲近若友朋。

　　作者大学假期回乡，路遇运煤马匹。乡下山
路狭窄，人与马靠近而行。起雾的夜晚，天凉如
水，更能感受到马儿暖暖的体温。作者以马为友，
有感而发。

6　曼珠沙華どれも腹出し秩父の子（《少年》）

秩父田埂石蒜绽，
敞腹儿童嬉戏欢。

位于皆野町水潜寺的句碑

　　暑假回乡，田埂石蒜花盛开，许多孩童露着
肚皮奔跑玩耍，作者感觉那么熟悉，仿佛又回到
童年。这一句碑立于皆野町水潜寺内和长瀞町私
宅前等处。

　　注：以上所选的六首是作者自水户高中初涉
俳句到大学期间的创作，其中充满了作者的"原
乡"意识，也奠定了作者的俳句原型，特别是
"石蒜花"那首就是这个时期的代表作。

7　魚雷の丸胴蜥蜴這い廻りて去りぬ (《少年》)

叹鱼雷暴尸林丛，
哀蜥蜴蹑足潜踪。

　　1944 年 3 月作者被分派到特鲁克岛，担任
财务主管兼甲板士官。作者目睹在岛上的热带丛
林中，堆放着许多强力杀伤性武器鱼雷，经常有
蜥蜴在上面爬行，令人不寒而栗。战后作者前往
恩师加藤秋邨先生处报平安时，这首俳句获得老
师的赞誉。

8　空襲よく尖った鉛筆が一本 (《生长》)

敌机高空旋。
铅笔尖尖行纸面，
战地诗会欢。

　　这首俳句是作者在战地举办俳句互评会时的
即兴之作。当时战况恶化，特鲁克岛陷入孤立，
粮食供应短缺，敌机不时前来骚扰，大家心情暗
淡，为了鼓舞士气，作者在陆军好友的协助下，
举办了陆军和海军的联欢俳句诗会。

9　海に青雲生き死に言わず生きんとのみ
（《生长》）

战火连苍穹，
不言生死只愿生。
大海葬青云。

　　经历了特鲁克岛上的战争生活，并在虚无中迎来战败。这时作者才懂得光阴何其珍贵，后悔没能好好珍惜大学时光，下决心今后要把失去的时光追回来。心里一边想着，一边漠然地望着赤道附近大海上飘浮的青云。不久美军接管特鲁克岛，作者开始了一年零三个月的战俘生活。

10　水脈の果て炎天の墓碑を置きて去る（《少年》）

洒泪别墓碑，
航迹尽处思绪飞。
烈日送我归。

　　1946 年 11 月下旬，作者结束了战俘生涯，离开特鲁克岛踏上回国舰船。在船上作者思念那些无辜枉死于岛上的同伴，感到异常悲愤，怀着对战争痛恨的心情，创作了这首俳句。

11 犬は海を少年はマンゴーの森を見る (《少年》)

少年牵狗行，
眺望大海芒果林。
且当无战争。

这首俳句描写一个特鲁克岛上卡纳卡族少年，经常牵着狗在海边散步，有时眺望大海，有时回头眺望芒果林。这里本是一片和平的净土，却被战争破坏，令人愤怒。

12 古手拭蟹のほとりに置きて糞る (《少年》)

汗巾掷树荫，
岛上螃蟹向其行，
迎接我出恭。

特鲁克岛位于赤道一带，常年烈日直射，作者每日随身携带一条旧汗巾。特鲁克岛是珊瑚礁群岛，作者经常在各岛屿之间穿梭。某日来到长满椰子树和面包树、被海水冲打的岸边，突然便意来袭，于是将汗巾扔在沙滩上，刚蹲下就看到一只螃蟹爬行过来。如今想起来周围安静得令人毛骨悚然。

13 墓地も焼跡蝉肉片のごと樹々に (《少年》)

墓地同命运。
树上蝉如被炸身，
满目废墟群。

　　作者从特鲁克岛回国后，前往东京拜访朋
友。朋友家一带也因战祸而变得满目疮痍，附近
墓地仅剩的几棵古树孤零零地矗立在那里，知了
在嘶鸣。也许是战地噩梦环绕心头的缘故，作者
将知了看成了被炸裂的肉身。

第二时期

　　作者在"日银"复职、结婚生子，工会运动受挫后被流放到福岛、神户、长崎等地方分行任职，并于退休前再次回到东京，即作者从27岁到41岁的时期。这一时期，作者对在"日银"发挥自己才能已不抱希望，决定专心于俳句创作。当时正值由吟咏花鸟风月的传统俳句向关注社会性问题的前卫俳句转型时期，作者就是社会性俳句的倡导者。就俳句集而言，这一时期作品收入《少年》后期作品部分（二部）、《金子兜太句集》（1961年）及《蜿蜒》（1968年）初期作品部分。

14 死にし骨は海に捨つべし沢庵噛む（《少年》）

死后大海忠骨埋，
品尝咸菜谋未来。

　　战后作者经常思考如何报答丧命的战友。当然不是诉诸战争手段，而是建设和平自由的社会。战时经常听到战友们说，我不下地狱谁下地狱，如果战死就将我的骨灰撒向大海。如今已是和平年代，作者一边品味着咸菜，一边暗中激励自己直面未来。

15　朝日煙る手中の蚕妻に示す（《少年》）

旭日初升烟依稀，
掌中蚕宝示娇妻。

1947 年 4 月，金子兜太与盐谷皆子结婚

作者从战地特鲁克岛回到日本的第二年（1947年）4 月，与盐谷皆子女士成婚。当时新婚旅行还是无法实现的梦想，因此蜜月便在自家度过。新婚第二天早上，两人相伴到附近散步。那时家家户户都靠养蚕维持生活，两人路过亲戚家时，作者将蚕宝宝放在手掌上给爱妻看，并解释道：在秩父，养蚕是农家主要的收入来源。句中的"示"有一种表明这里是"秩父"、是你的婆家的意思。

16　朝はじまる海へ突込む鷗の死《金子兜太
句集》）

晨光无限美。
海鸥撞海魂魄飞，
惹我男儿泪。

　　作者从福岛调动工作到神户三年之后，决定
将创作俳句作为终生的事业。有一天清晨作者漫
步到神户港口，目睹海鸥为了捕食鱼儿奋不顾身
冲进大海的情景，马上联想到在特鲁克岛时，零
式战斗机被美军击中坠落大海的景象。海鸥为生
而奋斗，战友因战而枉死，"我不想死得那么冤
枉，更愿意活得有意义"。这就是本首俳句的创
作动机。

17　銀行員等朝より蛍光す烏賊のごとく《金子兜太句集》

行员清晨忙碌影，
荧光灯若墨鱼群。

　　这是神户分行早晨上班时的情景。作者周末陪同家人前往尾道水族馆参观，看到萤乌贼便联想到公司每天早上也是类似景象。当时每人桌上都有一盏荧光灯，如果当天上班桌上的荧光灯便会亮起来。在阴暗的公司大楼里，那一盏盏荧光灯宛如水族馆的萤乌贼一般。不少读者都将这首俳句理解为对于只知埋头工作、不管世间冷暖的银行员工的讽刺和批判，因此被称为社会性俳句的典范。

18　青年鹿を愛せり嵐の斜面にて《金子兜太句集》

小鹿幸运遇青年，
暴风斜坡只等闲。

　　这首俳句作于神户，是一首想象俳句。暴风斜坡比喻险恶的世间。一位年轻人坐在暴风斜坡下，或者将腿搭在外面，一面抚摸身旁小鹿，一面沉浸在自己的世界中。小鹿也安静地依偎在年轻人的身旁——多么静谧的时光。

19　弯曲し火傷し爆心地のマラソン（《金子兜太句集》）

原爆地中心，
佝偻煎炙处处逢。
地狱马拉松。

　　1958年，作者从神户分行又被调到长崎分行工作了三年。长崎自1945年8月9日遭到原子弹轰炸，到1958年已过十三年，然而爆炸中心地带的高坡上仍然能看到焦黑的阴影，天主教堂依然保留着被炸毁时的原样。尽管人们已经在焦黑的大地上开始重新生活，但伤痛犹在。站在高处，作者的眼前浮现一幅画面：马拉松选手越过周围的山岗，一起跑向爆炸中心，突然一瞬间身体弯曲、烧焦、变形。这种幻影一直萦绕脑海无法散去，于是"弯曲"一词油然而生，影像转变成了语言。这首俳句的句碑位于长崎市和平公园。

20　豹が好きな子霧中の白い船具（《金子兜太
句集》）

> 儿言最喜豹，
> 白色船具雾中罩，
> 夫妻会心笑。

　　作者调到神户分行工作时，儿子正好上幼儿
园，一家三口经常前往神户港散步。秋天港口起
雾时，包括码头的船具都笼罩在一片白茫茫之中，
每当此时，活泼好动的儿子便喊着说喜欢猎豹，
夫妻二人听了之后总是会心一笑。

21　きよお—と喚いてこの汽車はゆく新緑の夜中
（《少年》）

> 列车一声"吼"，
> 新绿夜中万物抖。
> 峥嵘岁月稠。

　　作者因组织参与工会运动，从东京总行被流
放到福岛分行。那时作者还年轻，虽然离开东京
有些伤感，但同时也激发了自己不屈的斗志。这
首俳句表达了当时的心情。

22　黒い桜島折れた銃床海を走り（《金子兜太句集》）

> 樱岛黑黝黝，
> 断枪残炮大海游，
> 战祸难饶恕。

　　作者在长崎工作时，有机会前往樱岛出差。望着因火山灰染黑的岛屿，就会想起梅崎春生的小说《樱岛》，眼前便会浮现出小说里漂在海上的断枪，激起心中对战争的厌恶。

23　原爆許すまじ蟹かつかつと瓦礫歩む（《少年》，1955 年作）

> 满眼瓦砾山，
> 万恶不赦原子弹。
> 螃蟹横行穿。

　　"万恶不赦原子弹"是当时流行的一句歌词，作者以自己的理解方式借用到俳句中。螃蟹在瓦砾中横行，让人无比厌恶。这首俳句韵律朴素，内容充实，被众多读者喜爱。

椰子满山坡，

身披朝霞树丛过，

日日塑自我。

　　1945 年（昭和二十年）8 月 15 日，日本战败
日。那天军人被集合到岛上的警备队司令部，传
达战败消息。作者在回驻地的路上，经过长满椰
子树的山岗，回想每天站在宿舍窗口眺望山岗的
朝霞的情景，这种日子将一去不复返，而自己的
前途又会是怎样一番景象呢。一边走着一边思索
着，突然脑海中浮现这首俳句。

25　霧の車窓を広島馳せ過ぐ女声を挙げ （《少年》）

驶过广岛城，
车窗传来女娇声。
雾白愈凄清。

　　作者创作这首俳句时，还在从事工会活动，曾多次路过广岛。有次路过广岛站，看到站前站着几位女子，皆因原子弹爆炸失去家人，只能靠出卖身体维持生活。其中一位或许是受到了原子弹辐射，作者看到她只露出半边脸，似乎在有意遮挡被烧伤的疤痕，但作者觉得她很美，心中生出一种莫名的怜爱，当列车驶出站台后，身后响起女子们的叫声。

第三时期

　　作者创办俳句杂志《海程》（1962年）至定居熊谷，担任朝日新闻文化中心俳句讲座教师、成为专业俳句诗人（1975年）的时期。这个时期对金子先生来说是由定住漂泊到发展大众俳句、由社会性俳句向当时的存在性俳句的过渡时期。这个时期的前半期，为了对抗支持《安保条约》的守旧派而创办了《海程》杂志。表现这个时期的俳句集有《蜿蜿》（1968年）、《暗绿地志》（1972年）、《早春展墓》（1974年）、《金子兜太句集》（1975年）、《旅次抄录》（1977年）、《游牧集》（1981年）、《猪羊集》（1982年）等七本句集。

26　　人体冷えて東北白い花盛り (《蜿蜒》)

> 乍暖还寒人体冷,
> 东北白花繁似锦。

　　每年五月初,日本东北地区青森县津轻海峡一带樱花、苹果花等盛开,繁花似锦,然而乍暖还寒,农户迎着凉风劳作,看起来十分辛苦,所以作者使用了"人体"一词。

27　　霧の村石を投らば父母散らん (《蜿蜒》)

> 投石忆童年,
> 乡村父母两不见。
> 白雾绕陌阡。

　　日本经济高速增长时期,城市范围不断扩大,乡村人口不断减少,农村结构逐渐遭到破坏,过去一直存在的农村共同体,小时候过的乡村生活已经一去不复返,消失得无影无踪。这首俳句是作者看到"原乡"逐渐消失时的心情写照。

28　犬一猫二われら三人被爆せず《《暗绿地志》》

犬一猫二我三人，
庆幸未作弹下魂。

　　定居东京郊外的熊谷之后，作者与夫人（皆子）、儿子（真土）过着安定的生活。夫人宅心仁厚捡回一条野狗，朋友送来雌雄两只小猫。真正一幅"犬一猫二我三人"的画面。某天三人在客厅聊起曾经住过的广岛、长崎的原子弹灾祸，庆幸自家未遭轰炸，并希望眼前的幸福能够永久。

29　谷に鯉もみ合う夜の歓喜かな《《暗绿地志》》

山谷水面鲤鱼影，
夜中欢喜总关情。

　　作者前往位于山谷的养殖池参观鲤鱼养殖。暮色中水面一处几十条、几百条鲤鱼黑压压聚集成堆。夜里看到这种精力充沛的情景，不禁联想到男女的床帏之事。

30   暗黒や関東平野に火事一つ（《暗緑地志》）

茫茫夜色火灾生，
关东平原一片红。

　　这是一首运用远景手法创作的俳句。作者夜
晚乘列车出行，突然看到关东平原上空一片火红，
不禁会联想到旧时的农民起义或强盗杀人放火，
心中便会产生一种不安的感觉。

31   ぎらぎらの朝日子照らす自然かな（《狡童》）

朝日闪闪亮，
自然披金光。

　　秩父市长瀞町本野上的总持寺内有一座石
碑，上面刻着作者的这首俳句。寺庙坐落在秩父
盆地西侧的山脚，东面升起的太阳照射过来，分
外美丽。皆子夫人生前喜爱这首俳句并安眠于此，
故称之为朝阳下的“自然之子”，如今作者也安眠
于此。

32　日の夕べ天空を去る一狐かな（《狡童》）

夕阳无限美，
天际一狐去。

位于皆野町立泽公交车站的句碑

　　　　西谷位于秩父地区的荒川支流赤平川口。自
谷底到山顶散布着许多人家，就像一条登天的阶
梯。夕阳西下，一只白狐极速掠过，宛如跟沿途
人家寒暄一般，如此神秘，又如此令人感怀。

33　我が世のあと百の月照る憂世かな（《狡童》）

我世后世皆忧世，
心明身明百月明。

　　自己百年之后，月亮也仍将照耀着艰难的人
世。不管今世还是后世，月亮都不会有所改变。

34　髭のびててっぺん薄き自然かな（《狡童》）

髭长头顶光，
照我自然相。

　　作者五十岁左右，头发开始稀疏，相反胡髭
却日渐浓密起来。虽然开始秃顶是很自然的事，
却经常被夫人打趣。某天从东京都厅退休的一位
朋友前来求书，作者便即兴写下这首俳句，赠与
友人。

35　霧に白鳥白鳥に霧というべきか（《旅次抄録》）

雾中天鹅白，
眼前有景道不来，
天鹅雾中白。

　　这是作者访问新潟县瓢湖时的俳句。望着眼前白雾茫茫，天鹅、湖面、白雾融为一体。到底是白雾衬托了天鹅，还是天鹅为白雾增添了白色，说不明道不清，只觉得如梦幻般透明。这首俳句被刻碑立于新潟县阿贺野市水原八幡宫。

36　梅咲いて庭中に青鮫がきている（《游牧集》）

推门梅花开，
庭中青鲛来。

　　作者自家庭院种植着数株白梅与红梅，白梅盛开便知春来。今年也与往年相同，推开家门便看到白梅，院子里的空气清澈透明，宛如一片蔚蓝的大海。似乎大海中的青鲛也来到庭院，与作者打招呼。句碑位于千叶县我孙子市真荣寺。

37 谷間谷間に満作が咲く荒凡夫 (《游牧集》)

漫山遍野金缕梅，
我却甘当荒凡夫。

　　俳句大师小林一茶六十岁那年正月曾经立志
做一名"荒凡夫"，即以"愚"而生。所谓"愚"
就是烦恼具足，六欲兼备。而作者将"荒"定义
为"自由"，并且不给人添麻烦。一茶心中的
"生者感觉"就是顺其自然而活着，不给别人添麻
烦。作者行走于秩父山间，一边咀嚼着一茶的这
番话，一边欣赏盛开的金缕梅，聊且享受这片刻
的自由人时光。句碑位于宫崎市真荣寺。

38 猪がきて空気を食べる春の峠 (《游牧集》)

野彘现翠岭，
春风食不尽。

　　在作者的故乡秩父，人与自然和睦相处，山
里随处能遇到野猪。虽然野猪出没不局限于春天，
但春天似乎是野猪出没最多的季节。它们经常会
跑到山岭来呼吸空气，看起来就像吸食空气一般。
这首俳句的句碑竖立于福冈市真教寺和长瀞町长
生馆酒店花园等两处。

第四时期

　　昭和五十年代（1975—1985年）后半叶至平成元年（1989年），这一时期前卫与保守的对立图式已经不太明显，俳句进入新的综合时代。与此同时，金子先生已经站在俳坛的顶峰。昭和五十八年（1983年），金子先生就任日本现代俳句协会会长。昭和六十年（1985年）《海程》由同人杂志变为金子先生主办的杂志。昭和六十二年（1987年），金子先生就任《朝日新闻》俳坛评选主委，这时金子先生六十多岁，正是年富力强的时期。这个时期，先生与中国诗人的交流也十分频繁，在北京、上海等地拥有许多文学好友，比如赵朴初、钟敬文、林林、李芒、袁鹰、刘德有、陈昊苏、林岫、顾子欣、吴瑞钧等先生。1980年，在中日两国诗人的交流会上，赵朴初先生以俳句五、七、五的形式，用汉语作了一首俳句：绿阴今雨来，山花枝接海花开，和风起汉俳。这首俳句道出了"汉俳"的由来。这个时期金子先生的俳句集有《诗经国风》（1985年）、《皆之》（1986年）等。

39　人間に狐ぶつかる春の谷 (《诗经国风》)

今年春又到山涧，
人狐相撞谱和谐。

　　作者自注：我自《诗经国风》中获得人生的
真谛。有次回秩父乡下小住，望着故乡的山川思
绪起伏。这时正值春天来临，人与狐在山间相撞，
丝毫不觉得意外，就像多年未见的朋友那么亲近。

40　麦秋の夜は黒焦げ黒焦げあるな (《诗经国风》)

麦秋之夜惹人愁，
黑焦战祸不许有。

　　作者自注：麦秋时节的田野，到了夜晚黑压
压的一片，让人喘不过气来。这时我不禁会联想
到原子弹轰炸中的长崎和广岛。也会联想到特鲁
克岛上被美军战机轰炸的惨状，因此绝对不容许
再次发生那样的战祸。

41 漓江どこまでも春の細道を連れて 《皆之》

漓江无尽流，
春径伴左右。

　　三十多年前作者和俳句同人第一次前往中
国，与中国诗人交流。第二次前往中国时，去了
桂林、漓江，当时作者六十多岁。在船上看到春
天的江边小路，连接着各个村落，蜿蜒曲折，延
绵不断，路边野花盛开，牧歌相闻，简直一幅人
间美景图。心中产生一种漓江是丈夫、春径是妻
子的感觉。

知了一片声，
暮蝉最使劲。

位于熊谷市常光寺的句碑

　　晚夏作者前往家附近的常光寺参拜，静立
院中，侧耳倾听，知了声声。其中鸣声最大者当
属暮蝉，音调高亢，错落有致。称其为家伙（や
つ），是视其为朋友，被其鸣声吸引。作者的这首
俳句的句碑就矗立在常光寺内。

43　　　冬眠の蝮のほかは寝息なし (《皆之》)

冬眠万物归寂静，
只闻毒蛇呼吸声。

　　许多生物都有冬眠期，届时周围一片静寂。
在静寂中只能听到毒蛇的呼吸声。或许提到冬眠
的熊或者其他蛇类大家比较容易接受，但是作者
偏偏提到毒蛇。毒蛇虽然听起来可怕，但那种可
怕的存在感对作者很有吸引力。

第五时期

平成元年（1989年）至今。这一时期，金子先生集俳坛王者、发言人等荣誉于一身，老而益壮。平成八年（1996年）俳句集《两神》荣获日本诗歌文学馆奖、现代俳句大奖、蛇笏奖、瑞典蝉奖等多项大奖，先生也荣升日本艺术院会员。2010年俳句集《日常》获得每日艺术奖特别奖、菊池宽奖等。这个时期先生的俳句内容除了继续关注社会性之外，还主张天人合一、人与自然的和谐、在自然中自由创作等。句集有《黄》《两神》《东国抄》《日常》等。

44　酒やめようかどの本能と遊ぼうか《《两神》》

決意戒酒费思绪，
与何本能再嬉戏？

　　作者四十九岁戒烟，六十一岁戒酒。六十岁
过后，因牙槽脓漏，思虑再三皆换装假牙。这期
间四次痛风、腰酸背痛、感冒不断等，遵医嘱停
食所好牛肉、猪肉，代之以鱼肉、鸡肉，且戒酒。
然人之本能须享有一定的自由，若无一定自由，
"禁欲"便不能长久，故"禁欲"须适度。

45　春落日しかし日暮れを急がない《《两神》》

春晚送夕阳，
日暮不急归。

　　这首俳句作于故乡秩父民宿旅馆举办的俳句
会上。作者傍晚走出旅馆，眺望对面山顶夕阳西
下。春天落日拖着长长的余晖，久久不肯隐去，其
景格外动人。作者经常讲自己虽年过古稀，仍不觉
增岁。

46　じつによく泣く赤ん坊さくら五分 (《东国抄》)

泣儿声若钟，
早樱开五分。

　　电车中遇一男婴，哭声大而响，想必十分健康。车窗外樱花尚未全部盛开，只开到五分光景。幼儿与樱花都处于成长阶段，韵律合拍，即兴而成此作。

47　狼生く無時間を生きて咆哮 (《东国抄》)

山狼性本傲。
无视时空生山坳，
时睡时咆哮。

　　狼在作者心目中是超越般的存在。它们栖息在日本列岛及作者的家乡秩父山中。作为有生命的存在，时而咆哮，时而睡觉，毫不妥协。

48　小鳥来て巨岩に一粒のことば（《东国抄》）

小鸟落巨岩，
身轻言微不足显，
时胜贤者言。

　　小鸟给巨岩带来一粒箴言，看起来似乎有些刻意的画面感，但即使一个普通百姓，有时也会说出令人深思的哲理。句碑立于石川县轮岛市兴禅寺。

49　おおかみに蛍が一つ付いていた（《东国抄》）

黑夜深山行。
狼背骑着萤火虫，
万物皆有灵。

　　作者故乡秩父山中森林广袤，曾经栖息着许多日本狼。据说明治中期，这些狼便绝迹了，但是在作者心目中认为它们仍然生活在森林里，有时会看到狼背上落着萤火虫，熠熠发光。这首俳句是作者以"万物有灵论"为主题作品中最具代表性的俳句。句碑立于加须市隆藏寺。

日日熟睡到天明，

只盼梦中枯野青。

句碑位于福井县永平寺町绿之村

　　据作者介绍，创作出这首俳句后，某天发现
松尾芭蕉有类似的俳句"旅途多病身，梦绕枯野
行"。乍一看似乎有抄袭松尾先生的嫌疑，不过仔
细读来意境全然不同。

51　　老母指せば蛇の体の笑うなり（《日常》）

蛇觉老母声，

扭身躲进草丛中，

人蛇笑相闻。

　　蛇扭动身体躲进草丛，让人觉得它在笑。母亲发现后指给别人看。蛇似乎觉察到母亲在说它，于是身体扭动得更加欢畅。母亲和蛇，即生物共感的一刻，这也属于"万物有灵论"的世界吧。

52　　左義長や武器という武器焼いてしまえ
（《日常》）

爆竹祭火神，

燃尽武器守和平，

从此无战争。

　　在特鲁克岛作者经历了噩梦般的战争，至死都是坚定不移的反战派。生前每当看到人们在上元节等活动中，将装饰新年的道具扔进火海烧毁时，就会不由自主地生出将那些杀人武器也一起统统投入火里烧掉的想法。

53　今日までジュゴン明日は虎ふぐのわれか
（《日常》）

人有多面性，
或许迄今为儒艮，
明日变河豚。

　　作者很喜欢儒艮，它的样子有点像人，而且
性格温和，容易让人亲近。但那种温和的性格说
不定会有一天变成河豚。虽然河豚有毒，但作者
喜欢吃。由此联想到自己如果是儒艮，会不会某
天也会变成河豚。

54　長寿の母うんこのようにわれを産みぬ（《日常》）

长寿慈母悍，
生我如大便。

　　作者痛恨封建家族制度，从小目睹母亲被婆
婆和小姑子欺负，而母亲为了家庭和睦，一直忍
气吞声，任劳任怨，而又坚强不屈。作者赞扬母
亲的伟大，感谢母亲的养育之恩。

55　母逝きて与太の倅の鼻光る（《日常》）

慈母逝去心彷徨，
废物儿子鼻发光。

　　鼻子发光表明作者强忍悲痛，不让眼泪流
下来。强忍悲痛，鼻尖就会变红，所以看起来在
发光。

56　定住漂泊冬の陽熱き握り飯（《日常》）

定住漂泊如愿偿，
沐浴冬阳品饭香。

　　人们为了在自己构筑的社会中生存（追求定
居）整日劳苦奔波，疲惫时又向往原始的精灵世
界（原乡），经常徘徊在这两种矛盾的心情之间。
因此作者认为"定住漂泊"就是目前人们生存的
真实状态。如今自己能够悠闲地沐浴着冬日的阳
光，安静地品味着香喷喷的米饭，该是多么地幸
福和满足啊。

57 病いに耐えて妻の眼澄みてうめもどき（《日常》）

喜见后山南蛇藤，
妻战病魔目更明。

作者夫人名叫皆子，是日本著名女俳人。七十一岁罹患肾癌，八十一岁去世。患病十年来皆子夫人遵医嘱，几经化疗、放疗之苦痛，与病魔抗争，表现出顽强的意志力。某天夫人家乡菩提寺——总持寺住持大光，送来后山采集的长满球状黄色果实的南蛇藤，以此鼓励夫人战胜病魔。夫人看到南蛇藤时的眼神变得更加清亮透彻，令人动容。

58 合歓の花君と別れてうろつくよ（《日常》）

合欢花前情似海，
与君死别久徘徊。

作者在皆子夫人去世之后，每当想起她生前的一言一行一举一动，都会触景生情，并为自己曾经的任性懊悔。曾几何时夫唱妇随，卿卿我我，如今上穷碧落下黄泉，两处茫茫皆不见。有一次在福井县举办完俳句大会，作者跟参会同人道别，当列车驶出滋贺县的隧洞时，从车窗看到满树合欢花，不禁想起夫人皆子，触景生情，遂成此作。

59　利根川と荒川の間雷遊ぶ《《东国抄》》

荒川对望利根川，
天空响雷游其间。

　2016 年 3 月 30 日为纪念熊谷市成立十周年，
在市政府旁边的中央公园内竖立此句碑。

60　荒川千住芭蕉主従に花の春

花色春满园，
荒川千住芭蕉庵，
主仆论诗欢。

　东京都荒川区千住有松尾芭蕉旧居，通称芭
蕉庵。2017 年 3 月 21 日在芭蕉庵旁边的荒川古
里文化馆举行了金子兜太句碑落成典礼。

行行复行行，
岸边传来吆喝声，
漂泊日有终。

　　人自出生就一直在行路，离开家乡回到家
乡，几进几出。人生的路、社会的路、军队的路
等，可谓路漫漫其修远兮。如今自荒川岸边传来
吆喝声，也许自己真该回家了，一生的漂泊终于
迎来了尽头。

遥望我家门。
步履蹒跚日光柔，
归途无尽头。

2018 年 2 月 20 日，金子兜太先生去世

　　离开家之后，不知不觉走出很远。时光荏苒，岁月流逝。如今自己虽已步履蹒跚，但日光仍旧柔和地照在身上，那么温暖。望着回家的路和自家的方向，怎么感觉那么遥远啊，似乎没有尽头。最后这两首俳句是先生去世前一周的作品。